N'OUBLIE PAS LES CHEVAUX ÉCUMANTS DU PASSÉ

CHRISTIANE SINGER

N'oublie pas
les chevaux écumants
du passé

ALBIN MICHEL

© Éditions Albin Michel, 2005.
ISBN : 978-2-253-12138-1 – 1re publication LGF

Je ne crois pas grand-chose.
Je ne crois même en vérité qu'une seule chose.
Mais cette certitude a coulé partout, a tout imbibé.
Pas un fil de l'existence n'est resté sec.
Elle tient en deux mots : la vie est sacrée.

« N'oublie pas
les chevaux écumants du passé ! »

Un instant, un long instant, jouir du choc de cette phrase.

Les métaphores t'atteignent dans une part de l'être où tu n'es pas protégé.

Tu ne sais même pas vraiment ce que ces mots veulent te dire que déjà quelque chose d'ancien, de doucement suave ou amer te pénètre et s'étire en toi. Entre les choses connues respire l'innommé. L'innommable. Avant même qu'un sens n'ait rejoint les mots, voilà qu'ils t'ont atteint et troublé.

Souviens-toi des chevaux écumants du passé[1]...

Du fond des temps, ils ont galopé jusqu'à toi !

Ils sont harassés et couverts de sueur ; les brides et les sangles les ont blessés.

Ils s'ébrouent en frémissant, les naseaux en feu et craquelés de sécheresse.

Ils t'ont rejoint à travers les déserts, les éboulis de roc et les steppes interminables des temps.

------

1. Adage japonais.

Descends jeter des chabraques sur leurs flancs ruisselants !

Le passé fait halte à l'auberge de l'aujourd'hui. Ignorer sa présence, fermer les auvents et les volets serait barbare.

La piété envers le passé n'est pas de mode – et nous le devons en partie à un triste malentendu.

Les guerres mondiales et les dérives totalitaires ont détruit la confiance dans une civilisation aux fruits empoisonnés. Cette vue est courte et cette logique est funèbre qui consiste à vouloir guérir la gangrène en laissant mourir le malade...

Tuer la mémoire, c'est tuer l'homme. (En hébreu, le masculin et se souvenir ont la même racine.)

Lorsque nous confondons le passé avec ses désastres et ses faillites, sa poussière et ses ruines, nous perdons accès à ce qui se dissimule derrière – à l'abri des regards : le trésor inépuisable, le patrimoine fertile.

Nous agissons comme des enfants hargneux qui, sous prétexte d'une mésentente, refuseraient d'adopter la langue de leurs parents, sa syntaxe, son vocabulaire et ses phonèmes et se condamneraient eux-mêmes à aboyer et à gargouiller.

Car bon gré mal gré nous vivons sur l'acquis multimillénaire de ceux qui nous ont précédés. Nous foulons la terre des morts, habitons leurs maisons, bien souvent ensemençons leurs terres, cueillons les fruits des arbres qu'ils ont plantés, terminons les phrases qu'ils ont commencées. Pas un coin de rue, pas une route, pas un pont, pas un tunnel, pas un paysage où n'ait œuvré une foule invisible.

Cette conscience de l'intangible, loin de peser ou d'alourdir, ouvre le cœur et l'intelligence.

Au célèbre chant d'Hakuin :

« Tu erres dans le monde comme un mendiant et tu as oublié que tu étais fils de roi », répond la revigorante admonestation de Rabbi Nahman :

« Ah cessez d'être pauvre et retournez à vos trésors ! »

De même que les plus furieuses tempêtes ne perturbent pas les fonds océaniques, les catastrophes historiques et sociales ne menacent pas l'acquis profond de l'homme, ni son savoir et sa sagesse.

Il y a là un héritage considérable dont nous sommes tous les légataires universels et que, trop occupés des courants d'air, des modes et des « nouvelles » du jour, nous oublions d'honorer.

J'aime à dire aux jeunes que j'ai le privilège de rencontrer dans les écoles et les universités : « Fermez les yeux et entendez bruire cette foule humaine dans votre dos. Toute cette humanité dont vous procédez ! Sentez derrière vous cette longue "chaîne d'amants et d'amantes" (jamais je ne me lasserai de ce vers d'Eluard) dont vous êtes, en cet instant, les seuls maillons visibles ! Ils n'ont pas désespéré du monde et vous en êtes la preuve vivante ! C'est avec cette conscience-là que vous trouverez la force et le courage de vous élancer. *Le passé n'est pas ce qui nous retient en arrière mais ce qui nous ancre dans la présence* et nous insuffle l'élan d'avancer. » Je n'oublierai pas cet adolescent africain qui retrouva sa royauté en m'entendant parler avec feu de son pays et de Soundyata Keita, le fondateur de l'empire du Mali, qui, au jour de son intronisation en 1222, fit proclamer le serment du Mandé[1], une profession de foi éblouissante, la première déclaration des droits de l'homme. En racontant cela, je touchai, sans l'avoir prévu, le jeune homme en plein cœur. Je vis tout son corps se redresser dans un frémissement de mémoire. Tous ses camarades de classe s'étaient tus : un instant plus tôt recroquevillés sur leurs chaises dans un état fœtal (dit « relax »), ils se redressaient maintenant comme champ de blé.

« Souviens-toi de ta noblesse ! » (Saint Augustin.)

Lorsque la conscience touche *cela* qui n'appartient à personne en particulier et qui est pourtant en chacun l'intime de l'intime, alors le mépris de l'existence fond immédiatement et la sensation de non-sens et de solitude perd son aiguillon.

L'oubli est la fin de toute culture et l'invitation à oublier, le signal de la mise en servitude.

A l'origine de tous les totalitarismes (fascisme, maoïsme, communisme, consumérisme) est la rupture radicale avec le passé. Quand on ne brûle pas les livres, on les méprise.

---

1. Voir *La Charte du Mandé* et autres traditions du Mali, dans la collection « Les Carnets du calligraphe », superbement illustré par Aboubakar Fofana, éd. Albin Michel.

Le célèbre *Manifesto del Futurismo*, 1909, de Marinetti, a donné le ton au XXᵉ siècle :

« Nous détruirons les musées, les bibliothèques, les académies... ces cimetières... Nous n'avons pas besoin du passé... Nous sommes jeunes et forts... La guerre représente la forme la plus intense de la vie. »

C'est dans le fascisme mussolinien que Marinetti trouvera sa vocation.

L'*homo technicus-economicus* croit aussi, à sa manière, se suffire à lui-même. Arrogant, démiurge, autosatisfait, il se frotte les mains, dispose de tout ce qu'offre la planète, s'arroge tous les droits, ignore ses devoirs, coupe les liens qui le relient aux autres humains, à la nature, à l'histoire et au cosmos. Il pousse si loin l'émancipation qu'il court le risque de déchirer tous les fils et de *décrocher*, de se décrocher, de s'auto-expulser de la création. Son idéologie est si simpliste que n'importe quel fondamentalisme religieux apparaît en comparaison subtil et pluriel. Un seul précepte, une seule loi, un seul paramètre, un seul étalon : le rendement ! Qui dit mieux dans la trivialité criminelle d'un ordre unique ? Comment ne pas voir que chaque subside retiré à la culture et à l'éducation devra être multiplié par cent pour renflouer les services médicaux, l'aide sociale et la sécurité policière ? Car sans connaissances, sans vision et sans fertilité imaginaire, toute société sombre tôt ou tard dans le non-sens et l'agression.

Il existe à ce jeu macabre un puissant contre-poison.

A portée de la main, à tout instant : c'est la gratitude.

Elle seule suspend notre course avide.

Elle seule donne accès à une abondance sans rivage.

Elle révèle que tout est don et qui plus est : don immérité. Non parce que nous en serions, selon une optique moralisante, indignes, mais parce que notre mérite ne sera jamais assez grand pour contrebalancer la générosité de la vie !

Ainsi, comment pourrions-nous sérieusement mériter d'avoir des yeux ?

Le peintre Turner se faisait enfermer des jours entiers dans l'obscurité complète de sa cave afin de vivre, au moment de sa délivrance, le choc éblouissant du jour et des couleurs. Peut-on dire pour autant qu'il avait mérité ses yeux ?

Un jeune homme cueille à la dérobée une rose. Mais le jardinier l'a vu. Il s'approche de lui avec un sourire et lui demande :

« Pourquoi emporter comme un voleur cette rose dans ta manche alors que je m'apprêtais à t'offrir le jardin ? »

A la surabondance généreuse de la Création, nous répondons par une rapacité sournoise.

La Vie nous donne en abondance ce que notre système économique vient lui arracher par la ruse et l'agression manipulatrices.

Il existe une question qui, lorsqu'on la pose sérieusement, donne le vertige : qu'as-tu que tu n'aies pas reçu en don ?

Si je promène mon regard autour de moi, je dois

tôt ou tard reconnaître qu'il y a peu de choses que je n'ai reçues en don : cette terre sur laquelle je pose mes pas, cet air que je respire, à qui sont-ils ? Cette langue que je parle, à qui est-elle ? ces connaissances que j'ai glanées, que j'ai pu croire miennes ? cette main qui mène ma plume ? ce corps généreusement prêté pour un temps ?

« Il n'y a rien que tu n'aies reçu. Alors pourquoi t'en glorifier ? » demande un Père de l'Eglise.

Il n'y a aucune invention individuelle qui ne s'inscrive dans l'interminable grammaire d'innovations préexistantes (même lorsqu'elle en prend le contre-pied), aucune note qui ne se fonde dans l'interminable composition d'une symphonie sans début ni fin.

Et pourtant, puisque la Vie ne cesse de voguer sur l'aporie, rien n'est plus précieux, plus irremplaçable dans cet immense concert du monde que la singularité de chaque voix et de chaque être.

L'introït de toute vie consciente est bien la gratitude.

Un fluide insaisissable coule d'une génération à l'autre.

Lorsque nous développons nos antennes et apprenons à déceler partout la trace d'autres passants, d'autres humains vivants ou morts, alors notre façon d'être au monde se dilate et s'agrandit.

Je suis témoin de la scène suivante :

Un ami de longue date, Richard Baker Roshi, héritier dharma de Suzuki Roshi, et sa fille de trois ans sont installés à la table du petit déjeuner chez nous. Sophie commence avec son couteau à rayer la table. Et grâce à ce geste qui ne m'a guère enchantée, voilà que j'assiste à une leçon de transmission.

Le père arrête avec douceur la petite main : « Halte, Sophie, à qui est cette table ? »

Alors la petite fille boudeuse :

« Je sais ! A Christiane.

– Non, mais avant Christiane !... Elle est ancienne cette table, n'est-ce pas ? D'autres ont déjeuné là...

– Oui, les parents, les grands-parents, les...

– ... Mais ce n'est pas tout !... Avant encore ?... Elle a appartenu à l'ébéniste qui en avait acquis le bois. Mais d'où venait-il ce bois ?... Oui, d'un arbre qu'avait abattu le bûcheron... Mais l'arbre, à qui appartenait-il ?... A la forêt qui l'a protégé... Oui... et à la terre qui l'a nourri... à l'air, à la lumière, à l'univers entier... !

... Et puis, Sophie, elle appartient à d'autres... la table... à ceux qui ne sont pas encore nés et qui viendront déjeuner après nous... ici même quand nous serons partis et quand nous serons morts. »

Un cercle après l'autre se forme, comme après le jet d'une pierre dans un étang.

Et les yeux de Sophie aussi s'agrandissent, se dilatent.

L'hommage aux origines. Ainsi commence tout processus d'humanisation.

« De mon grand-père Verus, j'ai reçu la noblesse de caractère et l'équanimité.

De mon père, d'après ce qu'on m'en a rapporté et ce que je sais encore de lui, la modestie et le sens viril.

De ma mère, la crainte de Dieu et la main ouverte... un style de vie simple...

De mon arrière-grand-père...

De mes maîtres Rusticus... Apollinius... Sextus... etc. »

Ainsi devrait s'ouvrir – comme pour Marc Aurèle, l'empereur et le sage – tout récit d'une vie.

Maxime Gorki, Gavroche errant dès l'âge de neuf ans, orphelin et vagabond, dresse lui aussi dans sa biographie les stèles vivantes de la gratitude :

Au cuisinier Smoury dont il fut le marmiton sur un bateau et qui lui fit lire ses premiers livres ; Gogol et Dumas père.

A Kolouchni, un homme hors-la-loi, un *bossiaki*, c'est-à-dire un va-nu-pieds qui lui ouvrit le cœur.

A l'avocat Lanine, un homme généreux, un érudit qui reconnut « le désir féroce de s'instruire » de ce jeune homme blessé d'âme et de corps (une tentative de suicide l'avait estropié).

Sur le navire d'immortalité du grand Maxime Gorki voyagent debout dans le vent, et frères en compassion, le cuisinier, le voyou et l'avocat. Leurs noms arrachés à l'oubli composent le premier vers d'un hymne de gloire : Smoury, Kolouchni et Lanine...

Rendre hommage met en mouvement une machinerie secrète qui ouvre les prisons.

En m'inclinant devant l'autre, je ne signifie pas que tout ce qui le constitue était parfait mais que j'ai entrevu, par grâce, l'éternité qui le fonde, la part indestructible de son être.

Aussitôt, les apparences, les tentatives non abouties, les malentendus, les échecs et les blessures perdent de leur virulence et s'effritent sous la tranquille action du temps.

Darius, le roi des Perses, le dernier souverain de la puissante dynastie des Achémides, gît, mort et vaincu aux pieds d'Alexandre, dans la poussière de la route d'Hécatompyles, aux abords des portes Caspiennes.

Le geste que va accomplir le Grec devant son ennemi mort illustre ce dont nous cherchons ici la trace.

Il s'incline, dégrafe son manteau de pourpre et l'étend sur le corps de Darius pour qu'il lui serve de linceul.

Le monde vacille.

L'immense surprise qu'avaient ressentie les Grecs, une fois franchis l'Asie Mineure, Milet, Ephèse et Pergame, de ne pas rencontrer les « Barbares » qu'ils attendaient mais de pénétrer dans une région où « la civilisation faisait rage depuis plusieurs millénaires », selon la superbe expression de François Parrot, trouve son aboutissement dans ce geste.

Au lieu de repousser du pied son ennemi, Alexandre s'incline.

« Son manteau sur la dépouille de son ancien ennemi en fait plus que le vainqueur de Darius : l'héritier du grand roi. Une investiture mystérieuse vient d'avoir lieu. »

Tout change désormais pour Alexandre : son attitude envers les Perses, sa stratégie, sa politique, la conception de sa mission historique.

Pareil geste possède sa magie. Il suspend le redoutable face-à-face des opposés, de la défaite et de la victoire, de la vie et de la mort, le face-à-face de deux falaises de roc, de deux meules entre lesquelles le monde est broyé... Il suspend la dualité sanglante...

Dans le hiatus de la piété, de l'hommage rendu, il y a place pour un mystère et pour une transmutation alchimique.

La phrase la plus poignante de tout l'Ancien Testament, c'est Jacob qui l'adresse à l'Ange à la fin de leur combat : « Je ne te laisserai pas aller avant que tu ne m'aies béni ! » (Genèse 32-26.)

Dans cette adjuration est le germe même des mondes à venir.

Quoi qu'on fasse, le combat a lieu entre des forces antithétiques, entre le jour et la nuit, le visible et l'invisible, l'homme et la femme, l'aujourd'hui et le demain, l'aujourd'hui et l'hier, le passé et l'avenir. Mais de ce geste de piété va dépendre le fruit de tout combat. Sera-t-il perdu ? ou sauvé ?

Il ne m'est demandé en somme qu'un seul geste pour rester digne de la vie – et quelle qu'ait été la souffrance que j'ai subie : m'incliner. Cette loi secrète semble jouer dans toute vie.

Lorsque, après une relation malheureuse (parents, époux, amants, etc.), je me détourne et m'éloigne sans un regard, la relation est certes coupée.

Mais ce qui demeure, c'est la dépendance.

Même si la relation vivante est sectionnée, le lien têtu de l'inachevé, du malaise ou de la malédiction persiste.

Bien des biographies, des aventures humaines, des entreprises commencent ainsi : par une porte claquée au nez du passé, et sont très vite envahies par un herpès, un mal-être indécelable.

La porte est certes close mais les rhizomes, eux, traversent les murs.

Il n'y a qu'une délivrance à la dépendance maléfique : c'est l'hommage rendu.

Et la conscience d'une reliance universelle.

Chaque être tente à sa façon la difficile traversée de la vie. Le succès obtenu n'est pas un critère. C'est l'élan, l'espérance la plus secrète au plus profond de la personne que nous saluons quand nous nous inclinons.

A ignorer cette loi du respect dû à chaque âme, le monde s'enfonce dans l'agonie. Chacun réclame et encaisse son dû, sans dire merci, les fesses et les mâchoires serrées, le cœur sec.

Des mercenaires, des brokers, des chicaneurs et des blasés ont débarqué là où la Vie invite des danseurs, des voltigeurs, des adorateurs, des porteurs de flambeaux.

Là où la mémoire est vivante, l'arbitraire ne règne pas. Un invisible paramètre agit, une unité de mesure qui ne se discute pas davantage que le mètre utilisé par le vendeur de tissu.

La corruption généralisée, elle, marque la rupture. Corrompre (co-rompre), c'est rompre ensemble l'alliance tacite de l'équité.

Mais quel est ce *continuo* qu'il s'agit de ne pas laisser tarir, cette transmission qui, interrompue, crée la dérive ?

L'aspect le plus subtil du devoir de mémoire est la prise en compte de *l'invisible*.

Cela veut être éclairci.

La réalité nous a été donnée par compassion. C'est la part sclérosée du Réel – celle qui est figée, qui n'évolue plus mais à partir de laquelle nous pouvons nous orienter : cette pierre, cette table, je les retrouverai demain à la même place.

Le Réel est le nom que je donne à la réalité agrandie puisque ce mot que traduit en allemand *Wirklichkeit*, par opposition à *Realität*, manque en français. Le Réel est donc cette part fluide de la réalité, ce permanent devenir, cette permanente métamorphose composée des potentiels en attente, des projets, des visions : l'esprit agissant.

Si la réalité seule (*Realität*) est prise en compte, l'esprit s'atrophie. Notre « institution » idéologique moderne – socialement et économiquement programmée – commet une exaction : celle de surestimer la réalité aux dépens du Réel, d'amputer l'homme de sa puissance imaginale et de la fertilité de son esprit et de l'ensevelir sous le poids d'un trop de matière.

Mon irritation est grande à voir des jeunes gens confondre la réalité socio-économique avec... la Vie, l'immense Vie, et projeter leur situation du moment sur l'avenir, cette plage infinie où aucune trace de pas n'a jamais été repérée.

Le conformisme pousse à désirer des choses qui ne sont pas le moins du monde désirables, à se laisser étriper, dévaliser pour la possession de biens qui se délitent dès que nous les possédons. Le conformisme nous pousse à faire la sourde oreille aux vraies aspirations de justice, de justesse, d'audace, de solidarité et d'inventivité ; il mène à une torpeur mortelle.

La transmission, elle, consiste dans la révélation de la force de l'esprit : l'homme est en mesure de penser ce qui n'est pas.

Le prodigieux réservoir du passé livre une inspiration inépuisable et engendre une combinatoire sans fin. Un esprit vivant a la vocation de changer instantanément l'éclairage de sa vie. Non pas changer les choses elles-mêmes (bien que parfois cela advienne) – mais changer sa façon de les voir, de les éclairer.

Ont existé déjà tant d'êtres, de civilisations, d'expériences humaines, de communautés, d'aventures solitaires ou solidaires. L'important n'est pas qu'elles aient réussi ou échoué mais qu'elles aient été tentées !

Crasses sont les ignorances qui nous font proférer : l'homme a toujours été... n'a jamais été...

Quiconque n'a pas l'ivresse d'aller naviguer dans les cultures multiples, la profusion des témoignages et de leurs traces ne devra pas se plaindre quand passera le diable du dernier acte de *Peer Gynt*, une marmite à la main : il vient récupérer les âmes qui n'ont pas servi, qui n'ont pas su réinventer la vie ni l'honorer : les poltrons, les conformistes. Elles seront fondues comme les boutons de cuivre des culottes militaires.

La vocation profonde de l'esprit est l'exploration du Réel. Et sa contemplation.

Du récit que me fait mon ami le physicien H.P. Dürr de ses entrevues quotidiennes avec Werner Heisenberg pendant vingt ans à l'Institut Max-Planck, un épisode me fascine : leur pratique de la discussion interrompue. Heisenberg avait coutume, au cours de leurs prospections communes qui s'exerçaient essentiellement sous forme de dialogues (« mettre en formule mathématique était, tout à la fin du travail, la part triviale »), de mettre un doigt sur la bouche lorsqu'il flairait une découverte importante. « Arrêtons-nous là. Ne poursuivons surtout pas. N'y revenons pas avant quinze jours. Laissons cela en suspens... »

Le danger, dit mon ami, eût été de tirer cela vers le « connu », de le conceptualiser, de le ramener aux catégories familières.

La fertilité de cet état d'attention flottante ne se laisse pas décrire. Il engendre le développement d'« organes subtils » pour appréhender le Réel et rend l'esprit libre.

Lorsqu'un projet (qu'il soit la construction d'une maison ou la fabrication d'un soulier) se réalise, une sorte de précipité chimique a lieu qui le coagule. Ce qui était jusqu'alors dans l'esprit d'un ou de plusieurs devient tangible, visible à tous. Or, et c'est ce qui rend si difficile l'apprentissage du Réel – et si fatale l'hypnose produite par la réalité –, dès que le projet est matérialisé, la vision qui l'a précédé est oubliée. Ne reste que la matière.

« Tout conspire à nous mettre en présence d'objets que nous pouvons tenir pour invariables. » (Bergson, *La Pensée et le Mouvant*.)

L'immobilité et le poids des choses semblent la part sérieuse. Le mouvement créatif et le changement paraissent, eux, des sortes d'accidents qui viennent s'ajouter, pour ne pas dire déranger.

L'initiation au Réel va donc consister à donner une attention aiguë à cet espace non manifesté – à développer en nous cette jubilation de l'esprit quand il caresse et explore le monde.

Une aventure de jeunesse rendra cela plus explicite.

Giorgio, passionné d'architecture baroque, me fait visiter une des grandes abbayes danubiennes. Il a vingt et un ans. J'en ai vingt. Je rayonne. Ce que je viens de frôler est aussi troublant que l'éros.

« Surtout, me dit-il, n'écoute pas le guide ! Il veut te prendre à la glu du détail et des décors. Bla-bla-bla le faux marbre est moins froid au toucher que le vrai... bla-bla-bla la quantité d'or utilisée par la coupole est supérieure à celle de... etc.

Mais écoute bien : pour voir cette abbaye, il faut fermer les yeux et te laisser frissonner. Remonte jusqu'au lieu dans le temps où elle est semence dans l'esprit d'un seul, de quelques seuls... »

C'est un lieu de vertige.

A force de traiter les œuvres d'art comme de la matière et non comme des visions hissées jusqu'à la visibilité, on perd la trace de l'essentiel : le lieu où la vision a germé, a surgi, s'est déployée. C'est à ce lieu qu'il faut s'attarder. C'est celui de notre humanité co-créatrice, la grande pépinière de l'aujourd'hui. Pénétrer jusque dans le cœur de l'homme (des hommes) où germe l'idée créatrice sous la séculaire poussée du Vivant. Assise, les yeux fermés, à vingt ans, dans l'abbaye de Melk, j'ai touché ce secret.

Et cette idée, n'oublions pas, peut entraîner aussi bien la construction d'une abbaye baroque que le serment qui fonde un grand amour. Tous deux sont œuvres de Vie, œuvres d'Art.

Il faut tenter en somme de sortir de la fascination du visible, du tangible, pour rejoindre l'œuvre ou le rêve d'amour avant sa glissée dans la réalité, avant sa coagulation. Un instant avant que tout n'apparaisse définitif.

Rejoindre l'œuvre dans l'espace où elle est en flottaison.

Cet espace ne sera jamais aboli – même après sa dévastation sur terre. A combien de destructions de la vraie ville survit la Jérusalem céleste ? Dans cet espace éminemment réel – le *mundus imaginalis* des mystiques – demeure à jamais la trace de la lumière fertile. C'est l'espace de l'éros créateur, l'espace divin.

Ouvrir le champ à cette conscience créatrice est la clef de la transmission.

S'attarder ensemble au seuil des possibles.

Se promener dans la chapelle Sixtine, les yeux rivés sur la coupole vide avant le premier coup de pinceau de Michel-Ange.

Errer dans les chantiers du monde, sur l'emplacement de la mosquée Bleue ou de l'abbaye du Thoronet quelques jours avant le premier coup de pioche quand y paissaient encore les moutons et y cabriolaient les chèvres.

Marcher de nuit dans New York et y entendre bruire la forêt sacrée des Iroquois.

Rejoindre le moment de bifurcation où la vie s'invente de neuf.

Il faut répéter sans se lasser que ce qui existe sur terre n'est qu'une ombre du possible, une option entre mille autres. Nous avons été invités à jouer au jeu des dieux, à créer du frémissement, de l'ample, du vibrant – et non à visser l'écrou de la coercition sociale et des soi-disant impératifs économiques.

Notre inertie rend probable que le probable ait lieu – mais il n'est pas pour autant improbable que ce soit l'improbable qui surgisse.

Ce qu'il y a de toute urgence à transmettre est invisible.

Tantôt, après une visite dans une école, voilà qu'une jeune fille m'attendait sous la pluie.

Ses cheveux et ses vêtements étaient trempés

mais elle n'avait pas voulu quitter ce coin de trot-
toir, de peur de me manquer.

« Je vous ai attendue pour vous promettre de
ne jamais plus attenter à ma vie. »

Elle découvrit son bras nu couvert de cicatrices.

« J'ai compris quelque chose en vous écoutant.
Je ne pourrai plus faire comme si je n'avais pas
entendu... »

Son visage dégoulinant d'eau et lumineux reste
buriné sous mes paupières.

J'ai beaucoup repensé à cette rencontre et longtemps j'ai cherché quels avaient été les mots qui
l'avaient touchée ainsi. Je faisais fausse route.

Ce n'étaient pas des mots particuliers. Quelque
chose en elle était entré en résonance avec quelque
chose en moi. Et ce quelque chose était à la fois
la qualité la plus universelle et la plus singulière
de chacune de nous : ma vénération de la Vie, mon
saisissement devant elle. C'est cette mémoire-là,
réveillée, qui l'a harponnée et tirée hors des eaux
noires de la mort.

N'oublie pas les chevaux écumants du passé.

Ils n'ont, pour se faire entendre, que leur
sueur et le battement de leur sang affolé par la
course.

Du fond des temps...

Dans un galop fou...

Ils viennent de si loin...

L'étrange est qu'ils n'apportent aucun message,
aucun rouleau de parchemin glissé sous un har-
nais.

Leur message n'a pas de mots, pas de contenu, il ne se formule pas, n'a jamais été envoyé ni reçu, ni gravé sur un fronton.

C'est un frémissement amoureux.

La transmission

Voilà quelques pages à la gloire de Mademoiselle Antoine qui m'apprit à quatre ans à me laver les mains.

« C'est le seul moment, me disait-elle – regarde ! –, où tes mains jouent ensemble. Et si tu es attentive à leur jeu, tout devient silencieux autour de toi. »

A la gloire aussi de Madame Arnos qui nous vouvoyait à six ans et me prédit que je serais écrivain.

A la gloire de Madame Jeanson qui, à la lecture de Marivaux, nous montrait la chair de poule qui couvrait son avant-bras : « Voilà, disait-elle, à quoi on reconnaît la vraie littérature. »

En hommage enfin à Maître Fourel qui, au conservatoire de Marseille, aggrava ma passion des mots et tenta en vain de m'ôter mon pathos.

A tous ceux, à toutes celles qui me guérirent à jamais de la seule maladie vraiment mortelle : le désintérêt, l'incuriosité.

Alors que, dans le ventre de ma mère, je savais encore, selon le Talmud, tous les secrets du monde créé, l'Ange de l'Oubli, au moment où je naquis, me frappa sur la bouche et me plongea dans l'amnésie. La brutalité de ce geste m'a longtemps stupéfiée. Aujourd'hui, j'ai cessé d'y voir une malédiction. J'y ai découvert l'obligation qui m'est faite d'entrer en relation avec les autres. C'est par eux que passe ma survie. Chacune des multiples rencontres que je fais me permet de reconstituer avec une patience d'archéologue la mosaïque du savoir et de la sagesse innée. Si le savoir était entier en chacun de nous, ne serions-nous pas autistes ? Le grand détour par une vie humaine perdrait tout sens.

Aussi la tâche la plus lumineuse qui nous incombe consiste-t-elle à transmettre à notre tour ce que nous avons reçu et à *éduquer* nos enfants. Ce mot ne déplaît qu'à ceux qui n'en ont pas saisi la saveur.

E-ducere.

Conduire dehors.

De la même manière que Dieu prend Abraham par la main : « Il le conduisit dehors et lui dit : Lève les yeux et dénombre les étoiles si tu le peux. Telle sera ta postérité. » C'est à l'inouï, à l'inconcevable, que nous sommes invités. « Nous avons le choix, disait Friedrich von Weiszäcker, entre prendre la Bible à la lettre ou la prendre au sérieux. » Ce n'est pas à accroître sa postérité que Dieu convie Abraham mais à faire usage de l'extraordinaire potentiel qu'il a devant lui, à prendre conscience de l'infini des possibles : Dénombre les étoiles si tu le peux !

Voilà l'éducation : révéler à l'enfant l'immensité qui l'entoure et qui l'habite.

Tout le reste vient longtemps, longtemps après.

Les animaux naissent avec un savoir spécifique inscrit dans leurs cellules et leur système nerveux, ce qui nous vaut le sublime ballet des oiseaux migrateurs, des nuées, des essaims...

Chez les humains, les mécanismes déclencheurs d'action ne sont pas stéréotypés mais libres et ouverts. Les rites et les initiations viennent inscrire dans l'enfant des messages de vie et transforment ce prématuré – page blanche qu'il est au départ – en un membre relié tant au groupe qui l'accueille qu'au cosmos dont il procède. Ce sont les rites qui permettent d'intégrer la nature, la mort et le sacré et de ne pas rester dans la dépendance des seuls liens familiaux et sociaux. Quand seule la dimension d'actualité est prise en compte, les jeunes restent englués dans la dépendance familiale, la convention sociale. La « rampe de lancement » qu'est l'initiation s'est trouvée supprimée. La deuxième naissance à un univers agrandi est comme éradiquée du projet collectif.

Personne n'a pris la peine de les *conduire dehors*.

Il est temps, dans la maison des morts où nous nous sommes fourvoyés, de rouvrir les portes et les fenêtres.

Marie, professeur de mathématiques à Bruxelles, trouve une issue, la sienne.

Confrontée depuis trop longtemps à des élèves indifférents et blasés, elle prend la décision de les amener au bout du monde plutôt que de perdre elle-même le goût d'enseigner. « Je ne pouvais plus continuer de vivre ainsi. » Grande connaisseuse de l'Inde, elle imagine, pour arracher ces jeunes à leur anesthésie, de les confronter à un monde radicalement différent. La majorité étant issue de milieux modestes, elle s'acharne pendant deux ans auprès de sponsors divers à réunir les fonds nécessaires.

Et voilà au retour – après trois semaines de voyage – une réaction qui les résume toutes, celle de Paul, dix-sept ans :

« Si je n'étais pas allé là-bas, je n'aurais jamais su qu'il y avait quelque chose à l'intérieur de moi. Maintenant il va me falloir le vivre. »

Constat vertigineux.

Ce qui dort en l'homme dormira jusqu'à la fin des temps si rien ne vient l'éveiller.

L'erreur la plus courante en éducation consiste à partir du plus bas, du plus réduit, du plus pragmatique ; elle est souvent irréparable.

Pourquoi mettre en avant ce qui va de soi et qui est « livré avec » tout naturellement, comme par exemple la syntaxe et la grammaire que la fréquentation des livres offre en surcroît ? On n'*apprend* pas une langue, on ne la prend pas. Elle se donne quand on l'aime. Personne n'a jamais *appris* une langue autrement qu'en la parlant, qu'en la gardant en bouche, qu'en s'en régalant. Soit dit en passant, la suppression de ce sucre d'orge qu'est le « par cœur » est une punition imméritée.

Est-il surprenant que, devant tout ce qui n'est que fonctionnel et flaire le système, l'enfant se rétracte ?

Il n'est qu'une seule manière de débuter dans le savoir et sa saveur : c'est d'être ébloui ! Tout ce qui ne commence pas par un éblouissement n'a pas d'avenir.

Il n'y a que le meilleur qui soit défendable. Cette lèpre de notre époque, ce souci du tout rabaisser pour être soi-disant à la portée de chacun est une machination criminelle.

En dénonçant dans une interview du *Monde*, peu avant sa mort, le scandale de l'Audimat, Jacques Derrida avait ce cri superbe :

« Renoncer à un pli, un paradoxe, une contradiction pour être compris de tous est une obscénité inacceptable ! »

J'ai eu le bonheur de voir dans une école des quartiers dits chauds de Marseille une centaine de jeunes (trois classes regroupées) boire de tout leur être *Le Cantique des Cantiques* scandé et chanté par le musicien Jean David dans un silence de clairière. Pas une syllabe de ce texte sublime ne se perdait. Comment a-t-on pu croire qu'il fallait simplifier et réduire pour être entendu ! Il n'y a que devant le médiocre, le banal, le fonctionnel, l'utilitaire à tous crins que bien des oreilles se font sourdes.

La meilleure issue pour sortir du marasme : repartir du plus haut.

Dans les *Mémoires* de Marc Chagall qui relatent sa miséreuse enfance à Vitebsk, un *shtetl* de Russie, une scène déchirante :

Le maître d'école entre un matin dans la classe avec un papier jauni qu'il déroule avec prudence et épingle au mur : *Les Mains jointes* de Dürer.

Le saisissement de l'enfant devant ce dessin fait fracture dans la grisaille coutumière ; il y a désormais pour lui un avant et un après.

Ce dessin lui donne à voir le monde créé. Non que ce monde n'ait pas été là avant ! Que de fois l'enfant aurait-il pu observer dans la réalité même qui l'entoure les mains jointes d'une vieille femme ! Mais il ne suffit pas d'avoir des yeux pour voir. Il faut encore cette collision inattendue : un *autre* – du fond du temps et de l'espace – vous *donne* l'usage de vos yeux.

Ainsi naquit Marc Chagall.

Peut-être l'éducation n'est-elle pas autre chose que cette mise en scène de possibles rencontres, cet espace où se créent les conditions d'un surgissement. Pour l'un, ce sera un épisode de l'histoire, un volcan en éruption, la découverte de Sumer ou de l'empire aztèque, pour l'autre la dernière strophe d'un poème ou le choc lumineux d'un principe mathématique.

« Le carré de l'hypoténuse d'un triangle droit est égal à la somme des carrés des deux autres côtés. »

« Ce théorème, disait Lewis Carroll[1], est aussi

---

1. *Curiosa mathematica*, 1888.

beau, aussi éblouissant aujourd'hui qu'à l'heure où Pythagore le découvrait. Les siècles n'en ont pas altéré la limpidité. »

L'homme est le fils des obstacles, selon un proverbe chinois. Il est aussi et surtout le fils de ces collisions fortuites, de ces jonctions fulgurantes, de ces éclats d'éveil dont crépite la Vie, quand l'âme est aux aguets !

Un ami architecte a eu connaissance, voilà quelques années, dans une abbaye cistercienne, d'une correspondance du XIIIe siècle entre un maître sculpteur et l'abbé du lieu, une âpre controverse. Que visait-elle ? Le maître sculpteur refusait de se mettre au travail avant qu'un engagement formel n'ait été pris envers lui. Lequel ? Des émoluments plus substantiels ? des temps de repos ? que sais-je ? Non ! L'abbé tentait de convaincre le maître de former huit apprentis. Impossible, répondait ce dernier, en former plus de trois serait trahir la qualité de la transmission. Il ne faillirait pas à l'honneur. « Seul le meilleur est défendable devant Dieu. *Soli deo gloria !* » Au bout de trois ans, il cédera d'un iota et s'engagera le cœur lourd à en former quatre.

Le meilleur seul est acceptable. En nivelant, en faisant une fausse démocratie de la médiocrité, il n'y a que des perdants. La possibilité de dépasser les limites sociales, familiales, intellectuelles et même physiques est volée à l'enfant.

« Ce n'est pas grave si les écoliers sont dépassés par Dante ou par Baudelaire. On est tous dépassés par Dante et par Baudelaire. » Tel est le cri du cœur d'une jeune agrégée de lettres, enseignante dans la banlieue parisienne, Cécile Ladjali[1].

Dans cette dynamique de l'apprentissage, être *dépassé* est même une grâce : celui qui nous dépasse nous entraîne et nous aspire, nous arrache à la léthargie. Etre frôlé au passage par de grands Vivants *en marche* est déjà le début d'une contagion.

Mais le plus souvent le frôlement ne suffit pas : il faut l'empoignade, la promiscuité, le corps-à-corps, le frottement aux grands textes parlés, récités ou lus. Il s'agit d'aller au cœur de leur feu, jusqu'au bout d'une parole intransigeante. Même les textes sacrés appellent cette friction. C'est au papier de verre qu'il faut les traiter parce qu'ils courent, sans cela, le danger de devenir de plus en plus ternes au cours des temps. Nous sommes appelés à en renouveler l'éclat. Ne pas oser y toucher leur serait fatal.

La tradition aussi doit être mise à l'épreuve du temps. Elle est loin d'être cet amalgame de contenus gelés, de codex immuables pour lequel on la prend parfois et qui fait qu'on la rejette.

La tradition est, étymologiquement, ce qui *passe de main en main* – et qu'il n'est permis ni de serrer trop fort – elle se briserait – ni au grand jamais de laisser choir ! Elle est ce bourdon continu, à peine audible, ce *cantus firmus* qui traverse les temps et

---

1. Voir le superbe *Eloge de la transmission* de George Steiner et de Cécile Ladjali, éd. Albin Michel.

porte le monde. Elle est « ce quelque chose que l'homme a cru voir », qu'il a entraperçu et désiré ardemment dans les heures les plus pures de sa vie, cette fidélité envers et contre tous à plus haut que soi-même. Il est impossible de lui donner un nom, une coloration, une fixe appartenance à une religion. Il s'agit tout juste d'oser sentir que la Vie – ma vie et toute vie depuis le début et jusqu'à la fin des temps – se déplace en asymptote avec elle, cet axe plus invisible qu'une flèche de cristal dans une eau claire. Sans cette structure intemporelle, tout n'est que ruée d'innovations creuses et compliquées, de modes surgies, fouettées en avant et rejetées aussitôt. Un tohu-bohu vide et glacial qui affame.

Peut-être, en ce lieu de notre rêverie, serait-il utile de nous attarder sur la notion de *continuité.*

Il existe aujourd'hui un culte faussement hédoniste et idolâtre du présent qui coupe la société de sa mémoire collective et de sa responsabilité.

Est-il besoin de préciser que le présent dont il est question ici n'est pas le temps aboli, le *nunc stans* des amants et des mystiques, ces fêlures qui ouvrent l'éternité mais la fiction d'*une portion* de temps à consommer avidement sur place.

Or ce présent situé entre un *no past* et un *no future* et qui se laisserait décrocher du train comme un wagon de marchandises n'existe pas. Vouloir isoler cette séquence factice s'apparente en somme au principe du travail à la chaîne où chaque ouvrier n'est chargé que d'une étroite fraction du long procès de fabrication d'un objet. Source iné-puisable, on le sait, de frustration et d'aliénation.

Cette attitude engendre une mentalité de bra-queur. Elle incite à s'installer sans dire merci entre les murs et dans les meubles des générations pré-cédentes et à y mettre le feu avant de partir. Rien ne légitime cette razzia féroce qui a déjà anéanti tant de races, d'espèces et de ressources, et bradé la solidarité naturelle qu'entretient le *vivant* avec ses formes *passées* et ses formes à venir.

Le présent s'inscrit dans une seule coulée, un flux continu entre l'infini qui nous précède et l'infini qui nous suit.

C'est la musique qui nous en livre la métaphore la plus puissante et l'expérience la plus tangible.

Certaines personnes sont capables d'adhérer, en la fredonnant, à une mélodie qu'ils entendent pour la première fois. Ils sont collés comme des amants à ses talons, lui soufflent dans le cou et finissent par coïncider parfaitement avec elle, par se fondre en elle. Toutes les notes chantées suivent le courant où convergent mystérieusement les notes passées et les notes à venir. Loin d'exister pour elle-même, chaque note coule avec le flux. Si l'une d'entre elles se détachait de la ligne mélodique, ce serait un couac ! Où est-il donc ce présent qu'il s'agirait de mettre en exergue ? N'est-il pas nulle part en particulier et à chaque instant dans le déroulement de la phrase musicale ? Ainsi de l'aujourd'hui. Plus nous sommes dans la *présence* – dans cette atten-tion paradoxalement aiguë et flottante à la fois –, plus nous sommes vivants et plus le passé et l'avenir convergent dans l'instant et lui confèrent cette densité saisissante. Car, loin de me retenir en arrière, le passé est au contraire cette force dans le dos qui me protège et me donne la force de m'élancer.

C'est cette conscience d'un temps vaste et cette conscience agrandie d'une humanité dont chacun porte en soi les générations précédentes et les générations à venir qui rendent l'homme libre et joyeux.

« Nos écoles ne préparent pas la jeunesse aux enjeux de la société ! » titrait en rouge un quotidien. J'ai ramassé au café ce journal abandonné. C'était une très bonne nouvelle. Ainsi nos écoles si décriées ont-elles encore le sens de l'honneur et le front de navrer les sondages ! Tout ce par quoi « nos écoles ne préparent pas nos enfants aux enjeux de la société » est à mettre à leur actif.

Un jeune, lorsqu'il a été éveillé à lui-même et mis en confiance, ne sera-t-il pas tout naturellement en mesure, le temps venu, de se mettre au service de la collectivité ? La formation professionnelle est une branche de l'arbre, elle n'est pas le tronc.

Tantôt dans une tournée de conférences, j'entre dans une église. Etait-ce à Tours ? Etait-ce à Nantes ? Un vieil homme jouait sur un petit orgue placé aux abords de l'abside ; près de lui, un garçonnet de douze ans lui tournait les pages. Sa silhouette gracile, son attention vibrante et dévouée créaient une enclave d'éternité. Je pensai en le contemplant : « En voilà un au moins que *le siècle* n'aura pas ! »

Car l'enfant est par nature sauveur. Toujours et partout il sauve l'essentiel.

A la condition qu'on le lui ait fait toucher !

Un jeune professeur, trop attaché aux impératifs du programme, me disait récemment après une visite dans sa classe :

« Oui, bien sûr, vous les avez réveillés pendant une heure, mais je doute qu'ils se souviennent dans un mois de ce que vous leur avez dit. »

J'avais eu pour ma part une perception différente. N'avais-je pas croisé dans les regards une qualité qui ne trompe pas ?

« Je crois même qu'ils ne s'en souviendront pas même demain, lui ai-je répondu, mais ce que je leur ai fait toucher, ils ne l'oublieront plus. »

Une chose est sûre : pour être bien à l'abri des regards et des jugements, le fruit de la transmission reste invisible.

« *Le monde moderne*
est atrocement pratique[1] »

La science est, malgré elle, un fournisseur extraordinaire en révélations épiphaniques ! Elle serait même la meilleure propédeutique à la sagesse humaine si elle ne se mêlait de vouloir exploiter ou manipuler ce qu'elle découvre. Officiellement elle aspire à expliquer le monde, à rendre clair et logique ce qui ne l'est pas encore, à dissoudre les zones d'ombre, à résoudre les problèmes. Son authentique vocation pourrait être la tâche inverse : attirer l'attention sur le fait que ce qui nous semble clair est obscur. Que ce qui semble habituel tient du miracle, que le plus familier en apparence est étonnamment mystérieux, que chaque évidence recèle un abîme. De découverte en découverte, l'horizon du mystère ne recule-t-il inéluctablement ? La vie y gagne en somptuosité.

Un petit exemple :

D'éminents biologistes évaluent à vingt mille le nombre de processus parallèles qui sont en

_____

1. Adorno.

cours dans une seule cellule de notre foie en un instant.

A pareil degré de pluridimensionnalité hallucinante – une seule cellule ! –, la probabilité pour chacun de nous d'être encore en vie dans la minute qui suit tient du miracle ! Cette nouvelle devrait entraîner des avalanches de conversions et d'illuminations. Quoi ! cette vie qui danse sa danse entre les abîmes est aussi MA vie ! Je réussis donc en cet instant l'époustouflante gageure d'un funambule qui, non content de rouler à bicyclette sur un fil tendu entre le clocher et la préfecture, porte encore deux douzaines d'assiettes empilées sur sa tête, tient un verre de cristal dans la main droite, une bouteille de vin dans la main gauche et se verse à boire tout en récitant le chant XVII de l'*Iliade* relatant la mort de Patrocle, tandis qu'il sourit à la jeune fille du sixième étage qui le contemple ébahie...

Voilà un bref résumé de ce dont une seule de mes cellules est capable – et moi qui suis composée de milliards de cellules, je serais là à traîner des savates, à maugréer et commenter aigrement les nouvelles du jour !

Depuis ma petite enfance, je baigne dans cet ébahissement qui souvent agace mes proches. La morosité doit avoir des charmes secrets puisqu'elle a ses adeptes.

Mais me réveiller simplement le matin – du gros orteil à la pointe des cils – suffit à me combler. Il m'arrive d'y consacrer des journées entières.

On comprendra aisément que vivre dans une société dont le génie principal est la distraction obligatoire crée pour moi quelque tension.

Des légions entières sont à l'œuvre pour simplifier mon quotidien – des chercheurs, des innovateurs dans l'industrie et l'économie dont certains, j'en suis sûre, bien intentionnés et superbement doués. Leur but est de m'éviter ce qui ressemblerait à une participation : tourner un robinet, fermer une porte, se laver les mains avec un savon sont autant d'activités obsolètes. Je m'entends admonestée comme un badaud : « Circulez, circulez, vous empêchez la fermeture automatique des portes. »

Peu à peu une conviction me gagne : ma présence n'est pas souhaitée et mon existence serait tellement plus « performante » si je cessais enfin de m'en mêler. OK. Mais j'oublie un détail. Avant de m'éclipser, je dois donner mon adresse bancaire. Que faire ? J'ai beau prétendre que je n'ai besoin de rien, je dois m'exécuter. J'ai beau supplier que je ne veux être ni compétitive, ni efficace, ni actionnaire, l'énergie de cohésion m'impose d'accepter un petit rien, un petit leasing, un petit titre boursier, un petit geste de bon cœur envers les traders que mon comportement farfelu met en danger de finir dégraissés ou déstockés. « D'ailleurs si vous ne voulez vraiment rien dans ce secteur, acceptez au moins un tout petit antidépresseur pour ne pas désespérer Bayer ou Hoffmann-La Roche – ou alors (cette fois tout bas à l'oreille) une petite coke, un petit crack, une petite came, une petite schnouf, histoire de ne pas lâcher au moins ceux que le lard de la société a repoussés vers la couenne : les dealers, les trafiquants, les exclus. »

Bon, je m'attendris, je vais céder. Et pourtant non. Je ne sais toujours pas pourquoi devant tant de sourires encourageants, de dents aussi blanches que des narcodollars, je continue à rechigner !

C'est bizarre. Oui. J'ai une déplorable tendance à tout faire moi-même : accoucher de mes enfants après les avoir portés neuf mois, choisir les fruits que j'achète, laver mon petit linge dans le lavabo, sortir mettre mon courrier dans la boîte aux lettres, serrer la main de mes voisins et embrasser mes amis. Je ne sais comment cela m'a pris mais rien jamais ne m'a guérie de ma féroce propension à habiter mon corps, mon cerveau et ma vie. Pire encore, au lieu de mener des conversations avec des personnes qui ne sont pas là, j'adresse la parole à ceux qui sont assis à côté de moi dans le train et dans la salle d'attente du dentiste. Je confesse que je suis vivante et irrécupérable.

Je ne suis pas encore mûre pour cette solution désespérée qui consiste à confier son existence à des entreprises spécialisées comme on déposait autrefois les nourrissons aux portes des couvents.

Notre société n'est certes pas pire que d'autres qui l'ont précédée, peut-être meilleure que l'une ou l'autre.

N'est-elle pas plus permissive qu'autrefois ? On peut sans trop de risques dire n'importe quoi puisque personne n'écoute personne. N'est-elle pas aussi multi-(in)culturelle ? C'est une richesse, en effet.

Mais le point le plus délicat est la quasi-impossibilité à laquelle elle nous condamne – si nous y vivons – de maintenir avec elle une quelconque distance ; et cela pour une raison essentielle : elle est trop distrayante. On s'y amuse trop bien et sans répit. On s'y amuse à mort [1]. Son pouvoir de séduction et d'addiction est sans faille. Les images pleuvent, grêlent et crépitent. Fascinent. Partout et jusque dans les enclaves jugées sérieuses de l'information télévisée règne l'« Infotainment » selon le puissant néologisme de Postman.

Les plus tragiques événements y sont dégradés en « séries » grisantes. D'où me vient la sensation de honte que j'éprouve irrémédiablement (et je ne suis pas la seule) chaque fois que je regarde les « actualités » ? Elle s'ancre, je pense, dans l'impossibilité de m'arrêter à une nouvelle grave pour en prendre connaissance avec égard, tenter d'en saisir les nuances, l'analyser, laisser monter la compassion. L'immonde staccato des images brûle les yeux : explosion à Bagdad, une discothèque brûle, un créateur de mode fait scandale, Gaza, Phuket, Hollywood... Un étal de triperies, un rythme d'enfer, des bulletins dépareillés, poignants, sortis de leur contexte, inconsistants, importants et vains.

---

1. Selon le titre de l'œuvre du sociologue américain Neil Postman : *Amusing to Death*.

Le malheur veut que l'illusion soit parfaite. Quiconque a assisté devant son écran à telle tuerie présentée sous plusieurs angles est persuadé qu'il a assisté à la guerre. Tout y est si définitif et convaincant qu'il n'y a que les personnes auxquelles cela est vraiment arrivé qui soient de trop. Elles détonnent d'ailleurs en bégayant, hagardes, dans un micro que Dieu merci on leur retire vite. Le jeu vidéo était parfait. Les gens n'avaient qu'à se retenir poliment de saigner pour ne pas écœurer ceux qui étaient encore à table.

A ce jeu cynique, cameramen et commentateurs ont le beau rôle et les voyeurs toujours raison contre les témoins et les victimes. Cette « réalité » plus vraie que nature, et qui n'est que la doublure de la vraie vie, a ceci de terrible qu'elle généralise la pratique du voyeurisme et de la non-assistance à personne en danger. Elle est close comme une vierge en Securit, bien à l'abri derrière l'écran pare-balles et pare-critique. Elle rend l'homme superflu, son intelligence et sa compassion impuissantes. De notre « œil sans paupière[1] », nous fixons le dépotoir des images obligatoires.

On m'objectera que le mouvement de solidarité collective après la catastrophe en Asie du Sud-Est est la preuve du contraire. J'en doute. Que cette puissante machinerie des médias capable d'atteindre tant de personnes ait aussi de temps en

---

1. Titre d'un ouvrage remarquable de Christian Saint Germain, sociologue québécois, *L'Œil sans paupière et la Pornographie.*

temps un effet positif n'étonnera pas. Le contraire serait invraisemblable puisque même une horloge arrêtée montre deux fois en vingt-quatre heures l'heure exacte. Ce phénomène prouve uniquement quel usage pourrait être fait de cet instrument pour aborder les problèmes véritables. Une campagne généralisée au profit d'un commerce équitable, un vaste projet de justice sociale et de courage civique – ou d'éradication de la prostitution touristique qui a sans doute au fil des années anéanti plus d'existences dans ces pays que le tsunami. Pourquoi ces initiatives n'entraîneraient-elles pas aussi des millions et des millions d'adhésions lucides ?

Certes, la naïveté de ce que j'avance m'attendrit moi-même. La catastrophe naturelle est une source inépuisable de scoops et d'émotions – et le moyen béni de détourner l'attention de la violence politique structurelle, tandis que l'autre usage des médias ferait vaciller l'ordre implicite du monde. Il est des malheurs qui ont valeur d'« Infotainment ». D'autres sont lassants. Aujourd'hui comme hier – comme demain ? – cinquante mille jeunes enfants meurent de malnutrition[1]. Aucune minute de silence ne les honore dans aucune assemblée politique du monde.

Ce n'est plus l'humanitaire qu'il s'agirait là de mobiliser mais toutes les ressources créatrices de l'homme.

---

1. Selon les chiffres de l'Organisation mondiale de la santé.

Les voleurs de « vraie vie » sont partout à l'œuvre. De même que les Indiens dupés échangeaient leur or contre les perles de verre des conquistadores, nous troquons nos sens vibrants d'intelligence contre des tentacules avides, nos instincts profonds contre des manies de consommation, notre savoir différencié contre des slogans qui smashent. Souvent les enfants ne connaissent plus rien d'autre que cette vie artificielle. Pris en otages de plus en plus jeunes, l'accès à l'expérience authentique leur est barré. Entre la nature et eux se dressent les maudits écrans de verre.

Oh, ce n'est pas contre les ordinateurs que j'en ai – ces serviteurs futés – mais contre ceux qui leur aiguisent les dents, les rendent cannibales et leur donnent leurs propres enfants à manger.

Laisser un enfant, en guise de vraie vie, presser des boutons, avant de lui avoir appris à danser, courir, sauter, dessiner, palper la terre, la boue, le sable, la glaise, voyager du doigt sur un globe terrestre assis sur les genoux de son père, que sais-je encore... c'est le traiter comme certains chercheurs traitent les rats dans leurs cages d'expérimentation : à ceux qui ont pressé le bon bouton, une boulette de hachis.

L'enfant est la clef de voûte de toute culture, de toute civilisation ; TOUT repose sur lui. George Steiner rappelle dans son *Eloge de la transmission* que le mot grec pour « éducation » et pour « culture » est aussi le mot pour « enfant » : *paideia, paidos.*

Une société qui a inventé le moyen le moins

cher, le plus cynique et le plus efficace pour faire semblant d'éduquer ses enfants se déshonore.

Si Alberto Moravia pouvait ironiser dans les années soixante : « Aujourd'hui, même les analphabètes savent écrire », je crains que la proposition inverse : « Aujourd'hui, même les lycéens ne savent plus écrire », soit en passe de ne plus faire sourire personne.

Quand l'informatique est utilisée non comme instrument mais comme système global d'existence, l'heure est venue de prendre le maquis.

Et de recommencer timidement par le début.

Seul un homme est en mesure de faire passer à un autre le virus du savoir et de la connaissance. Comme d'ailleurs, jusqu'à preuve du contraire, seul un ordinateur peut contracter un virus informatique.

Il va falloir simplement redécouvrir le dialogue. Un maître et quelques écoliers. Un père, une mère et quelques enfants... Dans les années à venir, la découverte la plus révolutionnaire – j'en mets ma main au feu – sera la relation entre deux personnes – sans machine interposée, sans S.M.S., sans portable, sans e-mail. L'homme redécouvrira la parole de l'homme et l'oreille de l'homme et cela bouleversera tout de fond en comble.

Ils sont nombreux, ceux qui bricolent des scénarios d'avenir dramatiques – et surtout dérisoires. Car depuis que j'observe attentivement ce marché, une seule loi sérieuse s'en est dégagée : l'avenir ne se laisse prévoir que longtemps après qu'il a eu lieu. Ma proposition qui suppute que l'homme est l'avenir de l'homme a du moins pour elle que cinq cent mille années environ l'ont quelque peu rodée.

Pour ceux qui jugeront cette vision trop déstabilisante, habitués qu'ils sont à ne fréquenter que des machines, je propose une longue et tranquille période de réadaptation : une minute de paroles échangées le matin – même succinctes, même monosyllabiques pendant six mois. Puis un regard. Durant les trois années suivantes, deux minutes ; et là, des phrases entières avec un substantif, un verbe, un complément transitif ou circonstanciel selon le contenu du message – puis un regard accompagné cette fois d'un sourire. Il faut bien sûr avancer très prudemment pour ne pas succomber à une overdose.

Le révérend père Charles Dodgson, alias Lewis Carroll, père d'*Alice au pays des merveilles*, l'avait bien saisi : les choses sont stables alors que les vivants sont et resteront toujours décourageants par leur imprévisibilité.

Si vous choisissez un maillet et une boule de bois pour une partie de croquet, tout va bien. Si vous choisissez un flamant rose pour maillet, l'animal, en rétractant sa tête au moment où vous allez frapper, fera irrémédiablement dévier la trajectoire de la balle – et comme de plus, la balle, elle, se trouvera être un hérisson roulé en boule, qui, à tout moment, peut décider de se sauver à toutes pattes sous le buisson, le jeu deviendra décourageant.

Aussi soyons francs : avec ce qui est vivant, on peut s'attendre à tout. Et pourtant, j'ose insister :

l'avenir, ce sont deux humains assis côte à côte ou face à face.

Ils ont en eux toute l'intelligence de la création et ils s'aident l'un et l'autre patiemment à en trouver la trace. J'ose à peine dire ce qu'ils font ensemble tant j'ai peur de heurter la sensibilité contemporaine :

ils se parlent !

Il arrive qu'on me dise : vous paraissez ne pas aimer notre époque.

J'en reste penaude.

Serait-ce l'« aimer » que la regarder rouler à toute allure vers un mur de béton avec le patrimoine humain pour chargement et agiter doucement la main comme le faisaient les modistes et les cousettes sur un quai de gare au départ des armées en 1914 ?

Au siècle des Lumières se sont chèrement conquis le droit et la faculté de délaisser l'orthodoxie absolutiste et de repenser le projet social. Nous revoilà trois cents ans plus tard dans la radicalité d'une pensée unique : l'ordre économique mondial.

Dans l'infinie combinatoire des possibles, nous nous laisserions intimider par cette coercition macabre ? Je ne peux y croire !

Le pire est loin d'être fatal.

J'en appelle à la lumineuse alliance du courage civique et de la connaissance des lois de la nature ; l'alliance de l'intelligence et de la vénération.

Le récit que me fit le père Boulad[1] de sa visite récente dans une école du Caire ouvre les vannes.

Après un débat plutôt morose sur la situation de la planète, il interroge les jeunes :

« Alors, si j'ai bien compris, vous voudriez que la paix et la justice règnent dans le monde ?

– OUI ! » hurlent-ils tous ensemble.

Alors son poing s'abat sur la table avec fureur et les fait tous sursauter.

« Imbéciles, imbéciles que vous êtes ! Vous voulez donc être superflus ! »

---

1. Père jésuite.

Mais où est la mer ?

Tu m'as invitée à t'envoyer quelques réflexions sur le bonheur et notre amitié ne m'a pas permis de me dérober.

Néanmoins, la tâche est dure pour moi car le bonheur, ou ce qu'on tient habituellement pour le bonheur, m'est suspect.

Dès l'adolescence, une phrase d'une lettre adressée par Baudelaire à Jules Janin m'a harponnée dans sa provocante sécheresse :

« Monsieur, vous vous dites heureux. Faut-il qu'un homme soit tombé bas pour se dire heureux ? »

Je trouvais exprimée là une sensation qui m'était familière. Celle-là même qui inspira à un dey d'Algérie, vers 1830, cette sévère mise en garde adressée à un officier français :

« Monsieur, veuillez ne pas nous imposer une forme de bonheur qui n'est pas la nôtre. »

Le « bonheur » qui m'était alors imposé par la société néocolonialiste, obsédée par ses avantages, le profit et la jouissance, dans laquelle j'ai grandi, m'apparaissait repoussant. De même que l'autosuffisance cynique et la satisfaction immédiate des envies qui y tenaient lieu d'idéaux.

Mais il y a pire encore que ce bonheur vendu. C'est l'obligation de paraître heureux. Cette contrainte-là, je la définirais comme une sorte de terrorisme mou et omniprésent (à l'encontre du terrorisme dur qui est une réaction à l'hypocrite fourberie du premier). Du haut des affiches de la ville, partout et sans relâche, des hommes et des femmes dressés à paraître nous rappellent que le port du masque de bonheur est obligatoire et que son oubli est puni d'exclusion.

Assez polémiqué ! C'est au bonheur socialement programmé et à consommation forcée – au *happy way of life* – que j'en ai, tu l'auras compris.

L'autre, le rebelle, le sauvage, l'insaisissable, existe, bien sûr. Loin de le nier, j'ai plutôt scrupule à l'évoquer tant les mots souvent le trahissent. L'ange au sourire énigmatique, un doigt sur sa bouche, n'en traduit-il pas l'essentiel ?

Et pourtant quand Wittgenstein, dans son *Tractatus logico-philosophicus*, invite à se taire devant l'indicible, il ne me convainc pas. Cette adjonction sacrifie d'un trait de plume toute la poésie, tous les balbutiements d'amour. Les mots, les métaphores et les images, même maladroits, ne dansent-ils pas un ballet de frôlements qui signale la présence de l'ineffable invité et l'honore ?

Le bonheur, le vrai, est volatil, il ne dresse nulle part ses tentes. Il surgit et s'esquive : attendu à l'arrêt de l'autobus, il ne descend pas. A l'aéroport, il n'atterrit pas. Et dès que d'aventure on le reconnaît et lui demande un autographe, il a déjà sauté dans un taxi. Il y a des jours qui lui sont consacrés, des jours fériés, des jours de vacances, d'excursion, de banquet, des jours de distribution de prix, des jours de noces où il n'apparaît pas ; les bougies brûlent et s'éteignent sans qu'il soit venu.

Parfois il ne se présente pas même au rendez-vous qui nous fait languir depuis des jours et des jours. Oui, le rendez-vous a lieu, mais les secondes et les minutes crissent jusqu'aux adieux comme du sable entre les dents.

Parfois même il était là, debout au plus près de la porte, mais personne ne l'a remarqué. Personne ne l'a invité à entrer, à ôter son manteau tant il ressemblait au facteur, au laitier, peut-être à un mendiant.

Les Grecs avaient un mot pour désigner l'apparition d'un être divin qu'on ne reconnaît qu'au moment où il s'en va. Ainsi, Anchise croit avoir affaire à une bergère et c'est à l'instant où elle s'éloigne qu'il reconnaît, à sa sublime démarche, la Déesse. Trop tard ! Son appel ardent ne lui fait plus tourner la tête !

Volatil est la nature du bonheur, insaisissable. Notre intellect n'est même pas en mesure de se le représenter. Notre intellect – hommage lui soit rendu – est efficace dans son domaine. Il se saisit des concepts, les noue solidement et les encorde les uns aux autres. Avec une dextérité indéniable, il tisse un filet solide. Si la pêche est bonne, le mental s'occupera de la prise et des poissons, les triera par taille, les ouvrira d'un coup de canif et les videra soigneusement. Mais de ce qui n'a ni poids ni consistance, il ne s'occupera pas ; je veux parler du ruissellement de l'eau qui retombe dans la mer à la levée des filets et continue longuement de s'égoutter, *clip... clop... clip*.

Or ce ruissellement c'est le bonheur, c'est la nature même du bonheur ! Il est aussi réel que les kilos de poissons sortis de l'eau mais ne figure sur aucun bilan, aucun inventaire. L'intellect, ne sachant pas dans quelle rubrique le comptabiliser, finira par lui dénier toute existence.

C'est pour cette raison que la qualité insaisissable du bonheur reste à l'abri de toute manipulation, de toute stratégie et que tout « bonheur » estampillé n'en sera jamais un. Plus même : soyons sûrs que cette qualité cesse là où elle est saisie et nommée – car elle vit et se nourrit de n'être pas (re)connue ; elle vit et se nourrit de sa fugacité même.

Souvent, quand tous les ingrédients semblent réunis pour que la vie ait bon goût (succès, bonnes finances, santé, que sais-je), elle reste obstinément fade, tandis que les situations les moins avantageuses le voient surgir.

Souvenons-nous de Julien Sorel après la quête exaltée de toute sa jeune vie ! C'est en prison que le bonheur vient le visiter quand le coup de pistolet tiré sur Mme de Rênal suspend sa course effrénée et qu'il se retrouve en prise avec du temps qui n'est que du temps...

Parfois c'est une trace ténue et ancienne qui sauve

une vie et l'empêche d'être diluée dans l'acidité de la souffrance – ainsi Wanja, mon compagnon de ces derniers jours (je relis *Humiliés et offensés* de Dostoïevski) : « Enfance bénie ! A l'époque le soleil était éblouissant. Pas comme celui de Pétersbourg. Et le battement de nos cœurs était intrépide et joyeux. Autour de nous s'étendaient prairies et forêts. Non pas ces pierres qui nous entourent aujourd'hui. »

Une description qui tient en quelques lignes...

Mais je voudrais me hasarder plus loin. Je ne crois pas que le bonheur soit *quelque chose*. Je crois qu'il n'est rien qu'on puisse appréhender et je soupçonne que, s'il n'est *rien,* c'est peut-être parce qu'il occupe *tout* l'espace.

Le jeune poisson de la légende hindoue qui demande « Où est la mer ? Tout le monde en parle et je ne l'ai jamais vue » nous offre la clé de la révélation. Si je cesse de demander « Où est le bonheur ? », c'est par un semblable effet de renversement métaphysique : j'ai compris que j'y nageais, non pas compris avec l'intellect mais avec les écailles et les nageoires. J'ai compris que la *bonne heure* est chaque heure et que d'aucune heure on ne peut dire qu'elle n'est pas la bonne. « J'étais dans un trou... mais cela n'a pas d'importance, les trous ou les bosses ! L'amour peut faire sa joie de tout ! »

Ce sont les mots d'une moniale[1] dans un livre

_____

1. *Sœur Marie du Saint-Esprit*, éd. Témoin de vie.

que la marée du courrier a déposé ce matin sur ma table – le cadeau d'un ami lecteur.

Ainsi, aujourd'hui où la mélancolie me tient depuis l'aube, je sais que je vis un(e) bon(ne) heur(e) de mélancolie. Comme je pourrais vivre aussi un(e) bon(ne) heur(e) d'agrément ou même un(e) bon(ne) heur(e) de maladie ou de deuil. C'est un(e) bon(ne) heur(e) parce que je la soulève dans mes bras. Je la prends à moi.

Je ne la laisse pas à l'abandon. Je sais que, laissée à elle-même, elle garderait ce ton gris des matériaux de construction oubliés sur un chantier et pèserait des tonnes. C'est l'accueil que je lui fais qui la transforme.

C'est mon accueil qui en fait une bon(ne) heur(e). Un(e) bon(ne) heur(e) de mélancolie. La transformation ne peut commencer que là où j'acquiesce. Comment dis-tu ? Je t'ai mal compris ? C'est de bonheur que je dois te parler, pas d'une heure de mélancolie.

Laisse-nous encore dériver. Nous ne sommes pas encore assez égarés. La poursuite du bonheur est dérisoire.

Voilà le poisson en quête de la mer : « Avez-vous vu la mer ? » Il est émouvant. Dérisoire et émouvant. Il nage comme un fou, de plus en plus vite, de plus en plus loin.

« Avez-vous vu la mer ? » Il la cherche au milieu des récifs de corail, dans les taillis d'algues violettes, dans les gouffres bleus, dans les fonds glauques. Il va là où personne encore n'est allé.

« Avez-vous vu la mer ? » Jusqu'à l'instant où,

à l'entrée d'une grotte, une pieuvre bienveillante vient à son secours.

« Ne cherche plus ! Tu y es ! »

Ce dénouement n'est-il pas la pire épreuve ? Est-il message plus dégrisant que cette petite phrase : « Tu y es » ?

Jamais tu n'y as pas été, jamais tu n'en seras plus proche que tu ne l'as toujours été ! Jamais plus proche qu'en chaque instant de ta vie passée et à venir...

Mais alors, comment as-tu (comment ai-je) pu fabriquer tant de malheur, tant d'éloignement, d'égarement, de dérèglement, d'errance, de criante solitude ?

Ne peut-elle rendre fou, cette révélation que cela qui est là en permanence et en abondance autour de moi est cela même qui me manquait si cruellement, qui me paraissait si impossible à rejoindre ?

Et si la mer est vraiment ce qui est là partout, ce dans quoi je nage depuis le début, il n'y aura donc pas de rencontre, pas de face-à-face, pas d'enlacement, pas de corps-à-corps.

Nul ne sera en mesure de s'emparer d'elle, d'en faire son glorieux butin. Il n'y aura plus de héros, plus de Prométhée voleur de feu !

Elle est ! Voilà tout. Je ne l'aurai donc jamais. Jamais elle ne m'appartiendra. La vieille pieuvre ajoute : « Ne sois pas déçu, jeune poisson ! Elle t'enveloppe en cet instant. Sens sa voluptueuse caresse le long de ton corps fusiforme, de tes ouïes, de tes branchies, à chaque battement de tes

nageoires, à chaque palpitation de tes barbil-
lons... »

A-t-il entendu ?

Voilà. Chaque heure est la bon(ne) heur(e).

Même ta toute dernière. Tant que tu attendras
qu'il *t'arrive bonheur* et que ce bonheur se tienne
devant toi avec ses cadeaux et ses oripeaux, tu
n'entendras ni le vent dans les branches dehors ni
en toi le souffle lent qui te visite, inspir... expir... :
son vrai langage et sa petite musique.

L'autre,
cet empêcheur de tourner en rond

Le monde créé étonne au sens fort qui fait dire à la Phèdre de Racine : « Je demeure étonnée ! » – frappée par la foudre.

Le monde créé est étonnant et détonant. Son unité première a explosé en milliers de manifestations. L'humanité en est une.

Quant au monde des hommes, il est lui-même l'inconcevable passage de l'UN au multiple. Du couple fondateur et mythique part l'explosion des fratries, des ethnies, des clans et des nations.

L'effet de multiplication des hommes dans la Genèse (3-10), des tribus de Sem, de Cham et de Japhet, fils de Noé, était si puissant déjà à mon imagination d'enfant que j'ai su longtemps par cœur des bribes de litanies : Almodad, Shéleph, Yérab, Hadoram, Uzal, Diqla, Obal, Abimaël... Une humanité dont les noms des membres s'égrenaient encore comme un chant sacré.

Cette multiplication – appelée désormais « explosion démographique » – reste une constante d'un discours de droite angoissé comme si le label « homme » courait, à être partagé avec tant de monde, le risque de perdre en qualité ! Cette évidente aberration hante les cœurs ; elle faisait dire à un hérésiarque du XIVᵉ siècle cité par Borges :

« Je hais les miroirs et la fornication car ils multiplient le nombre des hommes. »

Sur notre imaginaire collectif pèse encore Origène, l'ermite qui se châtra au IIIᵉ siècle et dont le rayonnement fut immense dans la théologie chrétienne : une multitude d'œuvres à son actif pour dire son horreur de la chair et de la vie manifestée.

Il est étonnant que le caractère si violemment blasphématoire de cette attitude qui consiste à condamner Dieu pour délit d'éros créateur n'ait pas alarmé les croyants. Toute religion n'est-elle pas en vérité le lieu même de la rencontre de deux désirs ardents : celui de Dieu pour sa créature, celui de l'homme pour la source de toute Vie ?

C'est dans cette horreur de la chair que s'originent le rejet de l'autre, le sectarisme et la xénophobie : le nouveau venu, l'étranger, est celui qui dérange le privilège du premier venu, qui fait du bruit, partage l'air à respirer, y répand une odeur inconnue. Car, étrangement, ce n'est pas tant sa propre naissance qui dérange le dénigreur de la vie, c'est bel et bien celle de l'autre. Abel dérange Caïn, Remus, Romulus. Ainsi commence l'histoire de l'humanité et ainsi se créent les empires.

L'autre est de trop.

L'histoire de chacun est souvent la miniaturisation du destin collectif des peuples.

Le premier né comme le premier occupant aimerait bien pour soi toute la place. Le premier né est l'Homme. L'autre est l'autre. Celui qui vient après. L'un s'érige en sujet et érige l'autre en objet.

Dougie (deux ans), le fils de mon amie, considère mon fils plus jeune dans la poussette voisine avec méfiance. Il pointe d'abord son index sur lui :

« Ça c'est Dougie », puis désigne l'autre :

« Et ça c'est pas Dougie. »

La situation est claire. L'un est. L'autre n'est pas. Le message de la catéchèse sera de débloquer la situation : « Non, mon fils, celui-là aussi est Dougie. » Mais il est clair que cette version n'est pas convaincante. Alors naît l'universalisme qui promulgue une charte : *Tout homme est devant la loi un Dougie.* Le citoyen doit s'incliner, convaincu ou pas. Ce rêve d'égalité va déraper dans la Terreur : *Tout homme qui n'est pas prêt à reconnaître que tout homme est un Dougie aura la tête tranchée.*

Pour sortir du marasme, il n'y a pas une solution. Il y en a, Dieu merci, une multitude. Mais pour cela, deux pas sont nécessaires. Le premier tient en une seule formulation :

Toutes les manières d'être homme sont la bonne.

Et le deuxième : *Chaque manière d'être homme est bien trop particulière pour prétendre à être universelle.*

La pluralité est la plus difficile des réponses : il est donc raisonnable et conseillé de s'y tenir à tout prix.

Si la tour de Babel est une sanction divine contre la volonté de puissance des hommes, elle est aussi une bénédiction. Une humanité hétéroclite et bigarrée est la meilleure garantie contre son unification féroce. De la *pax romana* à la *pax americana*, l'abomination d'un ordre unique a fait son temps.

Les premiers nés (les premiers occupants), disions-nous, sont des rois détrônés par la naissance des suivants.

Paul, tout juste né, rentre à la maison avec sa mère. Le grand frère le considère avec gravité avant de poser une question lucide :

« Il est là pour longtemps ? »

Voilà le tête-à-tête – le cœur-à-cœur – avec la mère (n'était-on pas, avec elle, *au complet* ?) à jamais troublé.

Cette aventure première détermine le malentendu intrinsèque à toute aventure amoureuse.

Car chaque amour ne vient-il pas de l'espérance folle de la fusion retrouvée ?

Or l'amour est un piège, le piège le plus sublimement agencé et le plus redoutable.

En nous jetant dans l'incandescence du rêve de l'Unité première, il ne tarde pas à nous mettre au travail. Au sévère travail de la relation.

L'autre – car c'en est un à nouveau ! – a cette impitoyable fonction – après m'avoir bercé d'une illusion sublime et inoubliable – de m'enseigner mes limites. Il va s'agir maintenant de créer entre nous cet espace vivant et lumineux, cette « sculpture malléable » (*soft plastic*) dont parlait Beuys – une relation de qualité.

C'est cette œuvre de vie qui méritera peut-être un jour le nom d'amour jusqu'alors galvaudé.

Car, en vérité, qui est plus étranger à l'homme que la femme et à la femme que l'homme ? Et ce problème se laisse retourner dans tous les sens selon la mode du jour. Il demeure entier. La femme est aussi étrangère à l'homme que l'homme à la femme, que le Celte au Romain et le Romain au Celte, que l'Arabe à l'Américain et l'Américain à l'Arabe, l'Irlandais à l'Anglais et l'Anglais à l'Irlandais, le Turc au Suisse, le Suisse au Turc... Et leur histoire est aussi sanglante que celle des nations. Leurs guerres aussi terribles. Eux aussi et elles aussi auront, s'ils veulent arrêter le char du diable, à passer par le chas de l'aiguille : le respect réciproque.

L'autre est – et demeure – terre inconnue.

« Tu n'iras pas plus loin ! Ici se brisera l'orgueil de tes flots ! »

Dieu impose à l'océan ses limites pour que la terre puisse être (Job 38, 11).

De même, « tu n'iras pas plus loin !... » devant le royaume de l'autre.

Il n'est certes pas de loi plus ardue ni plus exigeante.

Un seul état d'exception y est inscrit : l'éros passionnel. Cette catastrophe naturelle où l'océan recouvre la terre. Un temps hors du temps. Vouloir le faire perdurer entraîne sa destruction.

L'authentique rencontre est rare. Il existe deux mécanismes pour l'éviter à tout prix.

Le premier est de rejeter l'autre pour délit de différence.

Le second est de le « gober » puisqu'il n'y a pas de différence entre lui et moi.

Le premier fait de l'altérité un obstacle insurmontable et exclut la rencontre. Le second veut escamoter la différence pour s'économiser toute friction. Ces deux attitudes sont à dégoupiller car, même si la première est « méchante » et la seconde « bonne », elles sont toutes deux des grenades qui finiront par exploser à l'épreuve de la réalité.

Pour que cesse cette oscillation entre bon cœur (international ou privé) et férocité (internationale ou privée) – entre accueil et rejet – un apprentissage difficile est nécessaire. Il consiste à s'exposer à l'inconfort de l'inconnu. Le plus grand défi est d'oser se présenter devant l'autre dans un non-savoir radical, dans le risque assumé de devoir un peu changer. Car toute rencontre véritable modifie quelque chose en moi. S'il n'y a pas un changement, aussi ténu soit-il en apparence, un glissement délicat, il n'y a pas eu rencontre.

Cet authentique intérêt pour la différence a marqué ma vie et s'est doublé de l'intuition inébranlable que *l'autre,* dans sa différence, est comme moi dans la mienne – dans son inaliénable légitimité.

Je dois l'expérience de l'altérité à mon enfance marseillaise où coexistaient toutes les races et toutes les nations dans une profusion de forêt tropicale : Africains, Maghrébins, Syriens, Libanais, Arméniens, Vietnamiens, Italiens, Espagnols, Polonais, etc. La rencontre avait lieu au hasard de l'école, des rues, des amitiés, jamais préméditée ni programmée, toujours dans l'apparent et savant désordre de la nature – à la fois sans déterminisme et sans arbitraire, à la manière qu'ont les plantes de se mêler, de se lier ou de s'écarter.

Car les belles entités métisses, ce sont aussi bien les hommes que les villes enrichies par l'intégration et le mélange d'identités.

Si Montaigne a été le premier à refuser d'appeler « barbare » toute culture étrangère, ne le devait-il pas à sa qualité de marrane, à la collision en lui de loyautés diverses ?

« Je suis un Brésilien de pure race, c'est-à-dire un mélange de Portugais, de Noir, d'Indien, d'Italien, peut-être aussi d'Allemand et de Juif. » C'est avec ces mots qu'à un congrès de littérature en 1991 se présentait le grand écrivain Jorge Amado.

Et n'est-ce pas aussi et surtout grâce aux livres que j'ai pu parcourir des milliers de verstes dans les sandales des autres ?

Je pense dans un désordre vivant au Trieste d'Italo Svevo où se mêlaient Slaves, Vénitiens, Allemands et Juifs. Et à la Cordoue de Maïmonide et d'Averroès, à la Mitteleuropa multireligieuse, multi-ethnique de Robert Musil, Joseph Roth et de combien d'autres. Récemment, l'écrivain polonais Adam Zelinski rêvait haut devant moi de la ville galicienne de son enfance, Stryj, où coexistaient avant l'Anschluss, dans une maestria acrobatique et multiforme, trente et une nations !

Quant à l'écrivain bosniaque Dzevad Karahasan, il a fait du sublime parc de Sarajevo, aujourd'hui saccagé, le cosmos d'un univers bifide :

une partie en est un jardin à l'européenne, l'autre ensauvagé déploie sa profusion orientale. Dans le premier se promenaient les familles, dans le second venaient s'égarer « ceux qui préfèrent parler aux morts et à ceux qui ne sont pas encore nés ».

A tout instant les murs se laissent écarter. N'ai-je pas été guatémaltèque avec les personnages de Miguel Angel Asturias, péruvienne avec les personnages de Mario Vargas Llosa ? N'ai-je pas goûté l'exil amer avec Nazim Hikmet, les affres de la colonisation avec la Nedjma de Yacine Kateb, la misère des paysans d'Anatolie avec Yachar Kemal. N'ai-je pas pleuré en Galicie avec Joseph Roth et vécu le calvaire arménien dans *Les Quarante Jours de Musa Dagh* [1]. Comme tout lecteur, j'ai connu plus d'agonies et de morts que n'en recense la préfecture d'un chef-lieu – et plus de résurrections.

On ne lit pas impunément ! Rigoles, filets d'eau, ruisseaux, rivières affluent et rejoignent le fleuve... Tant de destins ont afflué dans le mien que je ne cours plus le risque de m'y retrouver. Je frôle parfois – oserai-je le dire – la sublime perfection talmudique qui consiste à reconnaître que l'autre a raison d'avoir tort.

Une conviction m'est acquise : toute forme de rejet de l'autre, de racisme et de xénophobie a toujours la même origine : une crasse ignorance et une atrophie de la fonction d'imagination. La

---

1. Franz Werfel.

curiosité intellectuelle, sensuelle et vivante est le seul puissant anticorps.

Se hasarder dans un monde inconnu est certes une tâche ardue.

L'attitude la plus commune à l'humanité consiste vraisemblablement à jeter ce qu'elle ne connaît pas. Comment expliquer sans cela que l'appel à l'hospitalité soit la charpente même de toutes les traditions religieuses et de la nôtre ?

« Si un étranger vient séjourner chez toi, il sera pour toi un compatriote et tu l'aimeras comme toi-même » (Lévitique 19, 18), et c'est encore cette loi de la Torah (Deutéronome 6, 9) que Jésus, apostrophé par un pharisien, va citer (Matthieu 22, 39) :

« Tu aimeras le Seigneur ton Dieu de tout ton cœur, de toute ton âme et de tout ton esprit ; voilà le plus grand et le premier commandement. Le second lui est semblable : tu aimeras ton prochain comme toi-même. »

Le courrier de ce matin m'apporte une lettre qu'une enseignante suisse, après un mois de séjour, m'adresse du Mali : « Plus rien pour moi désormais ne sera pareil. J'ai rencontré chez ceux qui selon nos critères n'ont rien une générosité que je n'étais pas même en mesure d'imaginer. »

« La seule valeur absolue, le contenu même de toute foi est *le fait de donner priorité à l'autre sur moi-même*. »

N'oublions pas que cette invitation vertigineuse d'Emmanuel Levinas n'est pas seulement une vision théologique mais qu'elle est, en cet instant, une valeur vécue par de multiples cultures de ce globe.

Néanmoins, pour d'immenses pans de l'humanité, le monde cesse aux frontières du clan ou de la nation. Nombre de peuples se désignent d'un nom sans compromis : « les hommes », « les bons », « les excellents ». L'étranger, un être déclassé, un zombie autrefois aux Antilles comme dans mon village de Basse-Autriche où Loïs, la vieille jardinière, avait des frissons de dégoût lorsqu'elle entendait le mot « français » : elle avait vu deux prisonniers français en 1940 « se jeter » sur des escargots. Cet agissement les avait exclus de la race humaine.

Le respect d'une culture étrangère est une donnée peu répandue – et la notion d'*humanité* qui englobe tous les habitants de la terre quelle que soit leur origine est un concept récent et quelque peu hâtif.

Lévi-Strauss nous met en garde : cette notion est loin d'être à l'abri des équivoques.

« La *simple* proclamation de l'égalité naturelle entre tous les hommes a quelque chose de décevant pour l'esprit car elle néglige une diversité de faits qui s'impose à l'observateur. »

Le danger y est que la différence apparaisse secondaire, une sorte de voile un peu trompeur qui cacherait la ressemblance profonde et rassurante. Il n'en est pas ainsi. La différence ne s'escamote pas comme le lapin du prestidigitateur. Elle est là. Elle a la fonction périlleuse de nous mettre au travail. Si j'ose une provocation, je dirai que cette conception de l'*humanité* œuvre un peu comme le fait la *tolérance*, ce formidable trompe-l'œil qui dissimule aux regards la paresse du cœur : « Je te tolère pour n'être pas obligé de te rencontrer – et surtout ne pas me voir contraint de te respecter ou de t'aimer ! »

Cette *tolérance* qui englobe tout le monde sans croiser un seul regard contredit la dynamique transformatrice. Nous ne sommes pas appelés à nous tolérer les uns les autres mais à nous rencontrer.

D'où la fragilité d'une déclaration d'« égalité naturelle des hommes ». Cette humanité sous le boisseau flaire le marché global.

Se pourrait-il (je retiens mon souffle) que quelqu'un ne soit pas heureux du tout d'être *égal* à moi ? Pire encore : agacé par ma présomption – ou mieux : stupéfié de ce non-sens que j'édicte ?

Un papillon serait-il satisfait de se savoir *égal* à une libellule ? un mille-pattes à une blatte ? un koala à un caniche ? Se pourrait-il que cette catégorie applicable aux poids et aux mesures ne le soit pas aux vivants ? Et cette déclaration ne fonctionne-t-elle pas, pour finir, comme une interdiction à poser les vraies questions ?

Il faut oser le voir : les hommes sont profondément différents les uns des autres. De même que les cultures. S'ils sont égaux, c'est en différence. La déclaration mérite d'être formulée de neuf : tous les hommes sont différents. Personne ne peut être contraint – ni contraindre un autre – à être moins différent que tous les autres.

Voilà la charte du respect vécu.

Vivre ensemble !

Ne nous leurrons pas ! la tâche est immense et décourageante.

Elle est néanmoins notre vocation.

« Il faut toute une vie pour approcher l'univers et la culture de l'autre. Et encore ! On ne comprend jamais tout à fait. De toute façon, l'urgence est d'aller très lentement. »

Ces paroles d'un ami longtemps disparu résonnent encore.

Hier je vais admirer une exposition de photographies sur le Pakistan : une année de rencontre intense avec le pays pour Christine de Grancy [1] et un document d'un respect dense.

L'attitude des visiteurs m'attriste. Un regard évasif suivi d'un jugement péremptoire. On s'offusque du voile des femmes, etc. Rares sont ceux qui affrontent le silence qui pèse sur ces images et le laissent agir en eux. Paresse des cœurs.

Autre mémoire. Raphaël vient de vivre un an en Inde. Une amie d'école, Ivana, lui rend visite pour deux semaines. C'est d'elle que je tiens ce récit. Ils voyagent dans un de ces bus à ressorts qui, à chaque cahot, permettent au voyageur de heurter le toit et de rester éveillé. Ivana lâche de temps à autre un commentaire semi-écœuré sur la misère, la saleté, l'indifférence des habitants à l'environnement. Raphaël ne répond pas. Au bout d'un moment, lassée de son silence, elle tourne la tête

---

1. Photographe autrichienne de grand renom.

vers lui pour l'interpeller. Alors elle voit sur son visage immobile couler lentement les larmes.

C'est sa réponse. Et le miracle veut que cette jeune femme de dix-neuf ans soit en mesure de la recevoir.

Et si l'essentiel d'une vie consistait à accueillir l'ébranlement, la secousse, le dérangement causé par l'*autre* ?

Sans l'étranger, le mythe socioculturel dans lequel j'évolue m'apparaîtrait monnaie courante et la seule monnaie. L'autre me révèle mon mythe et je lui révèle le sien. Le monde s'agrandit.

« Si tu penses comme moi, tu es mon frère. Si tu ne penses pas comme moi, tu es deux fois mon frère car tu m'ouvres un autre monde », ainsi parlait Hampaté Bâ.

L'invitation n'est pas de mélanger les différences dans une soupe immonde – *one way of life* –, ni d'abandonner nos visions et nos loyautés mais de les faire se frotter les unes aux autres comme silex pour qu'en jaillissent les étincelles qui éclairent la nuit du monde.

En hébreu, le mot « malade » (*mahala*) signifie « tourner en rond ». Le malade est celui qui tourne en rond, qui s'est rendu prisonnier de lui-même, qui s'est mis en enfer-mement.

L'autre, cet intrus, cet empêcheur de tourner en rond, opère une brèche dans les fortifications conscientes ou inconscientes que j'ai dressées autour de moi. Il me libère du piège qui s'était refermé sur moi.

Le dernier mot revient à Lévi-Strauss :

« L'unique tare qui puisse affliger un groupe humain et l'empêcher de réaliser pleinement sa nature, c'est d'être seul trop longtemps. »

Ainsi en est-il de chacun de nous.

Bâtir une civilisation de l'amour [1]

Le concept de « civilisation » n'apparaît dans le dictionnaire de l'Académie qu'à partir de l'édition de 1835 quand le colonialisme s'enflamme et que nos pays partent officiellement la répandre dans les pays convoités – en somme : quand elle cesse. (Certains mots sont étrangement dans toutes les bouches lorsque la réalité qu'ils recouvrent est abolie, ainsi la « démocratie » qu'il s'agit de porter à l'Irak.) La société civile s'oppose au monde *sauvage* (du bas latin *salvaticus*, altération de *silvaticus*, *silva*, forêt). La civilisation se dresse contre la forêt (voir, au sens propre, la mise à mort des forêts amazoniennes) et contre la barbarie. Et nous voilà les innocents héritiers de l'arrogance hellénique : « Quiconque n'est pas grec est barbare. » Aristote enseignait à son élève Alexandre qu'il avait à traiter les Grecs comme on traite des parents ou des amis – et les barbares comme des bêtes de somme. Cette distinction de l'humanité en deux catégories ne nous est pas totalement

---

1. Titre donné à une de mes conférences en 2004.

75

inconnue... Or « le barbare, c'est avant tout l'homme qui croit à la barbarie de l'autre » (Lévi-Strauss, dans *Race et histoire*).

« Bâtir une civilisation », voilà que mon imagination s'emballe ! Je vois surgir des forteresses, des murailles, des lois, des codes, des paragraphes, des défenseurs de la loi et des missionnaires. Et tout cela – bien visible et distinct – réveille déjà la réaction, la provoque et la crée. De ce côté-ci les bonnes intentions, de l'autre côté la violence, la haine, l'agression, les méchants.

De plus ce n'est pas une quelconque civilisation qu'il s'agit là de bâtir, mais une civilisation de l'amour !

D'autres l'ont tenté et l'ont porté avec le glaive jusqu'au bout du monde.

L'amour qui se laisse broder sur les bannières, graver sur les pommeaux, ancrer dans les statuts n'est plus l'amour.

Bâtir sur l'amour ?

Impossible. Ce serait bâtir sur le vent, sur les vagues de la mer.

La force de l'amour est indomptable.

Irruption, élan, surgie, force cabrée, elle est impossible à maîtriser, à posséder.

Sa présence est comme celle du sel dans la mer ou comme du levain dans le pain. Impossible à extraire, impossible à dérober, impossible à posséder.

S'il n'est pas souhaitable de bâtir une civilisation de l'amour, il m'apparaît néanmoins enivrant de

participer à une campagne secrète de contagion...
L'espoir d'un monde de justice et de compassion
est notre dignité et nous honore.

Manès Sperber l'exprime ainsi dans ses Mémoires : « Rien sur terre jamais n'a davantage
marqué ma pensée, ne m'a davantage bouleversé
que cette idée que j'ai rencontrée un jour sur mon
chemin que le monde ne peut pas rester ce qu'il est,
qu'il peut devenir meilleur et qu'il le deviendra. »

C'est le rêve messianique. Il est puissant. Et
pourtant il fait courir le risque – en tenant les yeux
rivés sur l'avenir – de piétiner le présent.

Pour le père Boulad, cette ère messianique a
déjà commencé : « Jusqu'à la fin du XIXᵉ siècle, le
malheur, l'inégalité, la misère d'autrui laissaient
nos ancêtres grosso modo indifférents. De nos
jours, la sensibilité et la responsabilité collectives
se sont intensifiées comme en témoignent la multiplication des ONG et des initiations solidaires
surgies partout. » Et pourtant il n'échappera à personne que l'effervescence active n'est pas l'entière
réponse.

Voilà dix ans, à Dharamsala, un moine qui parlait un peu l'anglais me récita ce texte et me le
griffonna sur un chiffon de papier. Je l'ai entre les
mains.

« J'avais soif et faim d'absolu.

J'ai quitté le monde pour sauver les créatures.
J'ai quitté le monde pour atteindre à l'Illumina-
tion. J'ai quitté mon père et ma mère et les miens.
J'avais soif et faim d'absolu.

Puis j'ai compris que je ne serais apaisé que si j'apprenais à aimer aussi la saleté, la poussière et les passions.

Il est facile de se révolter contre la réalité. Il est plus difficile de la vivre.

Aussi, je suis revenu dans le monde. »

Nous sentons bien au fond de nous-mêmes que nous ne pourrons pas bâtir un monde qui serait bon et généreux face à l'autre, le démoniaque. Aucune stratégie ne nous sauvera.

Nous sentons bien qu'il faut plonger – plonger dans le marasme, dans la souffrance, dans le chaos, dans l'injustice, dans le manque – et que c'est ce *salto mortale* – ce suicide – qu'on appelle l'amour.

« Je suis revenu dans le monde »...

Nous sentons bien qu'aussi longtemps que nous voulons de toutes nos forces changer ce monde, il nous résiste férocement, il se refuse. « J'ai tout fait pour... j'ai mis tout mon engagement à... Pendant des années et des années... »

Aucune entité vivante – et le monde en est une – n'aime l'énergie tranchante et bien intentionnée du réformateur. N'en est-il pas de même pour ces fils, ces parents... que... nous voulons voir changer ?

Sans doute avons-nous parfois raison de souhaiter de toutes nos forces les voir quitter leurs habitudes destructrices. Mais il y a là un mécanisme secret. *Le changement ne s'opère pas par la volonté*, seulement lorsque le hiatus de l'acceptation permet une profonde respiration. Je m'incline devant ce qui est – ce qui est advenu –, ce qui est devant mes yeux, né d'une longue croissance apparemment défectueuse (apparemment ?) ou secrètement signifiante. Une fois que j'ai reculé d'un pas, renoncé à imposer ma volonté, un déclic secret a lieu : une porte s'ouvre. Toute entité vivante *veut être honorée*, invitée à retrouver sa fluidité, son aptitude au changement, et non pas forcée, fracassée comme un tiroir-caisse.

« Je suis revenu dans le monde »...

Non plus pour le changer mais pour l'aimer.

« L'amour excuse tout, croit tout, espère tout, supporte tout » (Lettre aux Corinthiens, XIII, 7).

L'amour n'a ni bonne ni mauvaise intention. Il n'a pas d'intention du tout. Il commence là où finit tout jugement, où finit la peur.

Notre plus grande peur est la peur d'aimer. Toute souffrance a commencé par l'amour ; l'amour bafoué, renié, ignoré. L'abandon ou les cris dans une chambre d'enfant.

Si c'est cette peur qui nous fait souhaiter construire un univers où nous n'aurons plus peur – où régnera une atmosphère de sécurité –, alors l'impulsion créatrice n'est pas la bonne. Si c'est la peur qui nous fait rêver d'un monde sans violence, nous y programmons aussitôt la violence.

« Qui préfère la sécurité à la liberté aura vite fait de perdre les deux [1]. »

Il faut sortir de l'illusion sécurisante.

L'amour, par nature, *met en danger*. L'amour nous emporte au large, loin des estuaires et des

_____

1. Benjamin Franklin.

ports de plaisance. Il décoiffe les anxieux, les craintifs, les inquiets.

Je voudrais faire partager *ce trouble fondamental* sans lequel nous restons des ergoteurs et des pédants.

Il n'y a pas d'un côté le monde avec ses guerres, ses tortures, ses horreurs, et de l'autre les hommes qui s'en indignent. Il n'y a qu'un monde. Et tout ce qui respire sous le soleil partage *un souffle*, un seul !

« Cette humanité qu'on déverse devant moi comme de l'eau de vaisselle dans l'auge d'un porc est bien la mienne. Je ne puis en rien prétendre être au-dessus d'elle d'un iota. Ce lieu est le mien. Cette misère des cœurs est la mienne. Cette détresse qui traîne et qu'on *éructe parfois en envie de meurtre ou de suicide* est la mienne. Il n'est rien dont je ne résonne, dont je ne sois aussi ébranlée, fût-ce à mon insu [1]. »

Une phrase de Borges me frôle :

« Et puisque les mers ourdissent d'obscurs échanges, on peut dire que chaque homme s'est baigné dans le Gange. »

Voilà l'intuition première de toutes les grandes cosmogonies et le fond de la physique quantique. « Quiconque n'est pas frappé d'effroi devant les découvertes de la physique quantique n'y a rien compris » (Niels Bohr). Premièrement, tout est relié. Deuxièmement, rien n'existe – il n'y a pas

---

1. *Rastenberg*, Christiane Singer, éd. Albin Michel.

de matière. La seule chose existante, c'est la relation, le tissu vibratoire de la relation.

Puisque les mers ourdissent d'obscurs échanges, nous pouvons dire que les âmes humaines ourdissent d'obscurs et de lumineux échanges et que chaque homme a dansé au Carnaval de Rio, baigné dans son sang à Bagdad ou au Rwanda, manié la machette ou la Kalachnikov, composé le *Requiem* de Mozart.

Comment ne pas évoquer le ballet le plus fou, le plus vrai, le plus hallucinant de toute la littérature : le Prince Mychkine et Rogojine[1], tremblant, pleurant, qui se tiennent la main, se caressant l'un l'autre la tête et les cheveux tandis que gît devant eux le sublime corps de Nastassia assassinée. Qui a tué ? Qui est vivant ? Qui est mort ? La réponse passe entre les deux yeux de chacun des protagonistes vivants et morts. Il n'y en a pas un qui, depuis longtemps, ne se soit perdu dans l'autre.

Sans ce trouble fondamental, nous ne sommes pas en mesure de commencer « nos humanités », ni d'entrer en vie et en vérité.

En dressant un mur contre la haine du monde, sa laideur, sa tristesse, sa vénalité, sa dépression – comme si tout cela ne nous concernait pas –, nous nous ôtons le seul puissant outil de changement : la conscience que ce monde n'est rien d'autre que le précipité chimique de toutes mes pensées, de toutes mes peurs, de toutes mes cruautés.

---

1. *L'Idiot*, Dostoïevski.

Mais dès que je cesse de voir le monde en dehors de moi, séparé de moi pour le réintégrer, l'incorporer – je suis revenu dans le monde (et le monde est revenu en moi) –, alors une issue se dessine, et la sensation d'impuissance cesse !

Ce lieu que je suis, où je me tiens est transformable.

A la question : « Que puis-je faire pour le monde ? », Suzuki Roshi répondait :

« *Clean up your own corner !* »

De ce « coin » nettoyé jaillit la source.

Qui a dégradé un seul homme a dégradé le monde. Qui sauve une âme sera fêté au ciel comme sauveur du monde.

Voilà la charnière !

« Celui qui a vu son ombre est plus grand que celui qui a vu les anges. » Celui qui a touché ses abîmes et qui a pourtant choisi la vie met le monde debout.

Souvent nous prenons refuge dans « l'amour » – ou ce que nous tenons pour l'amour : soit l'absence apparente de crime et de violence. Nous « aimons » pour échapper à nous-mêmes, à notre propre persécution ; nous devenons alors pacifistes, sans couleur, sans éros, anémiés, vite esquivés quand un conflit s'annonce, inaptes à nous colleter à l'agression et au rejet.

Après tant d'années d'« accompagnement des vivants », j'ose dire que la haine de soi est la chose la plus répandue au monde. Nous sommes nombreux à nous être condamnés à ne pas vivre tout en continuant à être vivants. Le jour où les

« crimes » commis remontent à la surface (ne serait-ce que celui d'être né sans avoir été désiré – ou de n'avoir pas suivi dans la mort un père, un frère aimé – ou de continuer à vivre alors que telle personne aimée souffre cruellement...), le travail peut commencer.

L'homme occidental a une propension colossale à la haine de soi : l'imaginaire collectif miné de guerres et de haines idéologiques et aussi la loyauté envers ceux qui ont souffert le retiennent de vivre.

Souvent l'égoïsme n'est que le deuil hargneux du respect de soi.

Or la loi de l'âme est radicale : si je ne suis pas proche de moi, je ne le serai de personne – et personne ne pourra – impunément – m'approcher ! Car l'autre reçoit aussitôt, et même si je crois l'aimer, le reflet radioactif de ma haine de moi-même.

L'amour de soi !

L'amour de soi – qui est le fondement de l'amour – est une expérience bouleversante, ontologique et mystique. Il ne s'agit pas de l'amour porté à cette personnalité que j'ai réussi à construire. C'est une grande sympathie que j'éprouve pour elle tout au plus. Non, l'amour s'ancre ailleurs. Il s'ancre d'abord dans la stupéfaction d'être vivant et étrangement dans l'expérience du corps.

Je vous invite à l'instant à frôler cette qualité. Laissez-vous saisir de la stupeur d'être dans un corps, d'être un corps. Accordez-vous un instant de peser de tout votre poids, sans la moindre esquive, de sentir la densité de la matière qui vous constitue, sa concentration, sa secrète dilatation après chaque inspir. A peine j'entre entière dans cette sensation qu'une incroyable qualité de présence m'envahit. Surtout ne me croyez pas. Continuez seulement de laisser respirer ce qui respire – de sentir le poids de votre corps – jusqu'à ce que vous ayez rejoint ce qui vous habite.

Il n'y a que le saisissement qui livre passage à l'essentiel.

Cette part de moi qui n'a ni qualité, ni propriété, ni attribut, qui échappe à toute catégorie, qui ne connaît ni peur ni jugement, c'est la substance de notre vraie nature.

Cette puissance infiniment supérieure à l'homme et qui – mystère vertigineux – n'est agissante sur terre qu'à travers l'homme qui l'accueille ou le corps qui l'incarne, cette puissance ou mieux cette présence ineffable et fragile, c'est l'amour qui nous fonde.

Le féminin, terre d'accueil

Le féminin ?

Autrefois, on eût certes répondu trop vite : maternité, ordre domestique, etc.

Aujourd'hui on balbutie plutôt, on cherche ses mots, on craint de n'être pas au goût du jour ou soupçonné d'hostilité. On erre, on bafouille.

Ne pas savoir constitue un bon début.

Je ne sais pas non plus ce qu'est le féminin.

Mais ce que je sais avec vigueur, c'est qu'il fait toute la différence.

Le secret de la vie, c'est la différence.

Une loi simple de la physique nous enseigne que si la température est la même dans deux pièces voisines, l'air stagne. Si l'air est plus chaud ou plus froid d'un côté ou de l'autre, un échange intense de masses d'air a lieu.

L'uniformité suspend la dynamique entre hommes et femmes. L'espace de la différence menace de n'être plus assez grand pour que l'amour y puisse croître.

« Qui confond féminin et masculin commet

un attentat contre les mondes en gestation »
(Rilke).

C'est la différence qui crée le mouvement, qui
crée la vie. L'égalité civique – cette formidable et
héroïque conquête du XXᵉ siècle – n'est pas en
cause, on l'aura compris. Egaux en droits et en
devoirs devant la société, hommes et femmes ne
sont néanmoins pas semblables. Une maladie terrible s'établit quand la distinction entre politique
et ontologie n'est plus perçue.

Le rêve de l'égalité est un rêve macabre, un rêve
d'ingénieur. On se croit contraint de construire
l'égalité et c'est la maison des morts que l'on bâtit.

L'idéologie égalitaire a la fonction de s'épargner
la rencontre de l'autre et de ses valeurs, d'éviter
coûte que coûte l'insécurité qu'elle crée, ce hiatus
inévitable dont on ne sort pas indemne, le passage
ardu par un inconnu. Toute rencontre crée un
espace d'insécurité – jusqu'où suis-je, moi, et où
commence l'autre ? – qui fait peur. Or s'exposer
à cette aventure, oser s'avancer vers l'autre, vers
ce qui est nouveau est le premier enjeu de toute
éducation. *E-ducere* : mener hors de... faire sortir
de... Etre éduqué, c'est prendre le risque de la
rencontre.

Tout nivellement sacrifie la relation, met en
route un processus d'entropie. Les violences impo-
sées à la terre par l'agriculture extensive sont
semblables à celles subies par les humains. Quand
toutes les haies, toutes les rangées d'arbres, tous
les talus ont été aplanis, un silence de mort s'installe. Chaque culture humaine et agraire nécessite

la diversité, l'alternance rythmée des espaces clos et des espaces ouverts, des vastes percées et des clôtures. Là où les jardins secrets, les palissades, les haies vibrantes d'oiseaux sont saccagés, c'est l'ère de la barbarie qui commence.

L'*homo economicus* ne cesse de se surpasser en trivialité fonctionnelle. Le jeu qu'il fait jouer à la Terre entière n'a qu'une règle : le profit, la meurtrière croissance économique. Aucun jeu de société, dans l'immense diversité des cultures humaines, n'a été plus trivial et plus borné. Maintenant que nombre d'hommes y ont sacrifié leur rectitude naturelle, leur bonté, leur sens de la justice, voilà que les femmes à leur tour excellent à devenir ces hommes-là. Qu'elles excellent en toute position n'étonnera pas : qui a connu l'éprouvante diversité des enjeux de la vraie vie est capable hélas d'apprendre en un tour de main ce jeu univoque et simpliste. Dégringoler intellectuellement et éthiquement une pente est toujours plus facile que la gravir. Et voilà que nous, femmes, aiguisons nos dents et prenons en force les bastions des hommes sous les applaudissements des sots et des sottes. Nous gagnons ! Et nous nous perdons.

La phrase impertinente de Flaubert : « Le rêve de la démocratie est d'élever l'ouvrier au niveau d'imbécillité du bourgeois », se laisse cruellement moduler ainsi : « Le rêve de la société industrielle avancée est d'élever la femme au niveau de fonctionnalité synthétique et aseptique de(s) (certains) hommes. »

Tout ce qui fait la nature singulière des femmes

est déprécié. Pire : arraché au secret naturel de l'être et exposé à la lumière crue des projecteurs. Les cycles lunaires qui les relient aux mouvements des planètes, la silencieuse alchimie de la gestation, la métamorphose de la fécondité matricielle en fécondité de l'esprit. Tout cesse d'être vécu par les femmes comme une haute distinction pour devenir entrave ou handicap dont la recherche génétique a promis de les délivrer.

C'est dire que la sujétion chimique et médicale a pris sans transition le relais des soumissions parentales ou conjugales d'autrefois. Charybde le cède à Scylla.

Mais ne sont-ce pas ces particularités féminines et les fragilités qu'elles causent, diront certains, qui ont précipité les femmes dans la servitude et la dépendance ? N'est-il pas compréhensible qu'elles tendent à s'en délivrer comme d'oripeaux encombrants ?

Quel malentendu !

Ces mêmes spécificités ont été leur royauté dans d'autres temps et d'autres civilisations matrilinéaires.

La mise en dépendance n'est possible que lorsque le subtil mécanisme de l'autodénigrement, de l'autodépréciation est mis en place.

C'est l'abdication de leur propre noblesse, le rabaissement consenti, le mépris (souvent hérité) d'elles-mêmes qui les y jettent – l'oubli de la vieille alliance entre les femmes et les dieux.

Aucun joug, aucune domination ne peut vaincre

de l'extérieur si, à l'intérieur de la citadelle, la reddition n'a pas déjà commencé. En jugeant encombrantes leurs spécificités biologiques et créatrices, les femmes ont consenti à être promues... à leur propre destitution.

Une percée de mémoire : le rite que contait une vieille Indienne Hopie – ou mieux : qu'elle transmettait, car comment, sinon, serait-il, pendant tant d'années, resté imprimé comme un mandala autour de ma pupille ?

« Voilà, disait-elle. Au milieu, nous plaçons *les petites filles blanches*, impubères, puis autour d'elles, en cercle, les jeunes filles nubiles tout juste entrées dans le cycle du sang, puis les *femmes rouges* dans l'éclat de leur fertilité, puis les *femmes blanches* sorties du cycle et les *anciennes* à l'extérieur veillant sur la spirale des vivantes... »

Ce mandala, il n'est que de le laisser un instant agir pour me guérir de la polémique âcre dans laquelle j'ai glissé.

« Voilà, disait-elle, comme nous, nous faisons. »

Je ne sais pas ce qu'est le féminin, disais-je.

Je sais seulement une chose avec certitude : c'est qu'il constitue un immense et impressionnant mystère. Et pour l'avoir traversé de part en part, du noyau et bientôt jusqu'au cercle extérieur, dans un don entier, je n'ai plus la moindre raison de cultiver la mode du jour.

« Qui épouse l'esprit du temps sera vite veuf », selon la mise en garde de Kierkegaard, je crains même : cocu.

Sans le féminin, une société est condamnée à mort.

Qui prendra soin de la vie dans ses manifestations multiples et infinies ? Qui chantera la mélopée rauque du monde créé ? Parfois, me disait un ami cher, il n'y a plus que les femmes qui puissent nous sauver de nous-mêmes. Les femmes et le féminin au cœur des hommes.

« J'appelle "féminin" cette qualité que la femme réveille au cœur de l'homme. J'appelle "féminin" le pardon des offenses, le geste de rengainer l'épée lorsque l'adversaire est au sol, l'émotion qu'il y a à s'incliner... [1] »

Je rentre d'Israël où j'ai rencontré des artisans de la paix réunis autour d'Alain Michel [2]. Beaucoup étaient désespérés mais d'un désespoir qui n'était pas sans fissure : à tout instant, la lumière pouvait y filtrer. De nombre de femmes rencontrées – femmes étudiantes arabes de l'université d'Elie Chakroun, Palestiniennes à Gaza ou femmes juives à Jérusalem – émanait un puissant désir de réinventer une vie, un pays. L'une d'elles, Dorit Bat Shalom, a bâti *La tente d'Hagar et de Sarah* où se réinvente, à partir de la scission initiale que fut la répudiation d'Hagar, le balbutiant dialogue des femmes israéliennes et palestiniennes.

« Au-delà du bien et du mal, il y a une prairie où je t'attends. » Ce vers de Rumi est leur royaume.

---

1. *Une passion*, Christiane Singer, éd. Albin Michel.

2. Fondateur de l'organisation pour la paix : Hommes de paroles.

Loin des distorsions malveillantes des médias, loin des aboiements et des rugissements des partis et des fonctions, il existe un espace auquel elles croient, qu'elles aménagent, qu'elles inventent et qu'elles baignent dans la lumière de leur amour : un espace au-delà du fait d'avoir raison ou d'avoir tort, au-delà des violents tiraillements à hue et à dia, au-delà des revendications justifiées ou injustifiées, au-delà des blessures terribles et des vengeances, au-delà de la guerre et de la paix mêmes. Un espace fou, un espace logiquement impossible, politiquement incorrect, rationnellement indéfendable, où les morts de tous bords – terroristes et victimes, kamikazes et passants assassinés, combattants et civils tués – viennent se faire bercer en silence. Et de cet espace-là naît un champ de conscience qui se répand comme une odeur subtile et qu'aucun mur n'est en mesure d'arrêter. Qui l'inspire est contaminé.

Une chose est sûre : il ne se passera rien de sensationnel qui puisse faire la une des journaux. Que non ! Mais un jour viendra où les accords de paix, à l'étonnement de tous, aboutiront. La haine alors sera sortie du fruit comme un ver – sans qu'on sache pourquoi – et personne ne se posera de questions. Sans tambour ni trompette, une autre ère commencera.

Nombre de guerres internationales ou civiles finissent ainsi en queue de poisson. Qui a fait sortir la vapeur des colossales machineries de la haine, qui a trouvé les valves et les soupapes à clapet ? Ils étaient, elles étaient, ils sont, elles sont, des milliers, des millions, à s'être rendus au rendez-vous !

« Au-delà du bien et du mal, du vrai et du faux, du juste et de l'injuste, il y a une prairie où je t'attends. »

Voilà le royaume des femmes.

Dans cette tentative d'appréhender la qualité du féminin, je ne suis pas nostalgique. Je ne déplore pas le déclin de quelque chose qui aurait existé avant et qui se serait perdu loin derrière nous sur l'axe du temps. Non. Je me réfère à quelque chose qui est là, en cet instant, tandis que j'écris – ici même –, dans la profondeur du temps et des entrailles.

J'en appelle à sa surgie hors de l'eau noire de nos mémoires.

Souviens-toi,

souviens-toi de l'Alliance [1].

Souviens-toi que tu t'es engagée, en venant sur cette terre, à prendre soin – oh, de ce que tu voudras ! –, de quelques êtres et de toi-même, de quelques arbres et de quelques buissons, de quelques bêtes qui mangeront dans ta main, ou de toute une école, d'un hôpital, d'une préfecture ou d'un ministère – de toute façon, un royaume ! Tu as le choix ! La seule clause fixée, tu t'en souviens ? La seule condition sine qua non, tu te la rappelles ? Oui, voilà que la mémoire te revient : *à condition de faire tout ce que tu feras dans une vibration d'amour.*

---

1. « Parce qu'il ne pouvait être partout, Dieu créa les mères », Talmud.

Libérer la mémoire n'est pas si difficile.

C'est le jeu de la main chaude auquel nous jouions enfants.

Qu'est-ce que nous aimons sur cette terre ? Qu'est-ce que nous honorons ? Quelle pensée nous émeut ? De quoi avons-nous une nostalgie fervente ? Voilà la bonne direction : ça chauffe ! ça chauffe ! Tu es tout près de la vraie vie... Poursuis ! Tu y es déjà.

Quelle pensée te coûte des efforts considérables ? Quelle évocation te vaut des maux de dos, une nuque douloureuse te fait perdre le goût d'avancer ? Là ça gèle, ça gèle, ne continue surtout pas sur ta lancée ! Tu en mourrais !

Cette force qui nous entraîne à contrecœur, à contre-âme, à contre-corps, où nous ne voulons pas vraiment aller, c'est la coercition sociale. C'est, en nous, l'usurpatrice qui a pris le pouvoir et mis la reine sous chloroforme. Elle nous mène selon les critères imposés de l'extérieur : le paraître, l'image sociale et professionnelle. Elle nous vend à la consommation, aux modes, nous veut présentables, sans poils, sans odeurs, nous soumet à l'obsession du lisse, du stérile, de l'aseptique, nous fait avaler psychoses, peurs et engouements, nous saoule et nous drogue.

« Je resterai jusqu'au bout stupéfaite que des créatures qui, par leur constitution et leur fonction, devraient ressembler à la terre puissent être à ce point factices[1] ! »

---

1. Marguerite Yourcenar, *Lettres à mes amis et aux autres*, septembre 1968.

Derrière l'usurpatrice « à ce point factice », se tiennent ensorcelées et prêtes à bondir la reine, la sœur, l'amante, l'épouse, l'amie, la mère – toutes celles qui ont le génie de la relation, de l'accueil. Le génie d'inventer la vie.

Ces femmes que nous sommes et que nous redevenons quand l'usurpatrice est démasquée, renvoyée !

Les femmes !

Pierre Rabbi a évoqué comment, dans les lieux les plus désolés d'Ethiopie, désertés par les hommes qui ont fui vers la ville, les femmes tiennent la vie debout ! Elles sont là, courent à la rencontre des hôtes, les accueillent avec des rires, une générosité inépuisable, leur mijotent des soupes de chardons et de gratterons et s'enthousiasment des perspectives nouvelles qu'on leur ouvre.

Dans *Milena, l'amie de Kafka*, Margarete Buber-Neumann raconte que Milena Jesenska, journaliste et femme de lumière, avait une façon d'accueillir dans sa baraque de Ravensbrück qui, en un seul instant, abolissait l'horreur et transformait ses hôtes, pendant trois ou quatre minutes volées aux gardes-chiourme, de moribondes qu'elles étaient, en invitées choyées, fêtées, aimées.

Si j'ai choisi ces expériences extrêmes, c'est parce qu'elles illustrent la faculté qu'ont les femmes, quand elles sont rendues à elles-mêmes et à leur vie intérieure, d'*accueillir* ce qui est, ce qui vient, ce qui se présente – de si royale manière qu'elles n'ont plus à *subir* quoi que ce soit.

Le féminin est une vasque, un réceptacle vide. Une terre d'accueil.

Dans notre siècle, si encombré, c'en est bien sûr assez pour créer de l'effroi.

Tout ce qui n'est pas coté en Bourse est au creux du féminin : le temps suspendu, la patience brûlante, le silence, le don, la gratuité, l'éros de l'attente, le passage obligé par des morts multiples en cours d'existence et la mort.

C'est à cette aventure exigeante, austère et radieuse que nous sommes conviés.

Et nous ne jetterons pas aux orties des millénaires de mémoire, de ferveur, de tendresse et d'engagement pour la vie, contre une petite mode sordide qui paralyse l'âme créatrice et qu'on appelle l'actualité.

Retour à l'essentiel

Les moments forts qui montent à ma mémoire ont tous une qualité commune : la fragilité. Ils sont dans la tonalité du récit que fit Graf Dürckheim d'une rencontre traditionnelle des plus grands maîtres du tir à l'arc au Japon et à laquelle il assista. Ils étaient tous là, et leur perfection coupait le souffle. Apparut soudain un vieux maître au dos cassé.

Il traîne un arc plus grand que lui. Chaque pas lui coûte. Il se place face à la cible, dans une immobilité minérale, décoche une flèche qui vient se planter au sol à quelques mètres de lui. Une partie de l'assistance fait l'expérience du satori.

Je revois, peu avant qu'il ne nous quitte, Yvan Amar[1], assis sur une chaise, dans un faisceau de lumière. La position debout ne lui est plus possible. Son souffle est court. Dense, le silence entre ses phrases. Toute la salle est suspendue au filet ténu de sa voix comme à un seul fil, les breloques d'un lustre.

---

1. Ecrivain et philosophe.

Je revois André Chouraqui [1] – ce tisseur de passerelles au-dessus des abîmes de l'histoire. A l'instant où il quitte la salle dans sa chaise roulante poussée par sa femme, toute l'assistance – mille personnes – se lève.

Je revois Thich Nat Hanh [2] – ou, mieux encore, le lieu VIDE où il se tient.

Je revois sœur Emmanuelle : dépassant de sa robe de toile grise, les frêles jambes d'une enfant de douze ans, prises dans des socquettes blanches à l'élastique fatigué...

A travers cette vertigineuse fragilité passe quelque chose d'indicible : c'est *cela*.

Je vais tenter de donner à partager de l'ineffable.

Une phrase de Borges m'est revenue ce matin : « Nos néants diffèrent à peine. Le fait est fortuit et sans importance, que ce soit moi le rédacteur de ces lignes ou vous le lecteur. » Combien auraient à nous transmettre l'essentiel de leur trajectoire, de leur histoire de vie, de la même manière que je tente de le faire !

Le fait est donc fortuit, que ce soit moi qui parle et vous en cet instant qui m'écoutiez ou me lisiez. Mon seul souhait est qu'à certains moments, après toute une vie où je tente de capter l'indicible, j'aie la chance de vêtir de mots telle ou telle intuition qui est peut-être aussi la vôtre.

---

1. Philosophe et théologien, traducteur du Coran et de la Bible.

2. Moine bouddhiste vietnamien.

Le monde dans lequel nous vivons est une entreprise colossale de détournement. Une incroyable machine est en marche pour nous divertir en permanence. Je pense au « divertissement » qui navrait Pascal ! Comme il était modeste, comparé à toute cette industrie de l'aliénation installée aujourd'hui ! Deepak Chopra a forgé la forte notion d'« hypnose socialement programmée » pour décrire notre état de conscience collectif. Ce que nous prenons pour la réalité est une construction parfaitement artificielle, une cage aux barreaux invisibles. La réalité *réelle*, la vraie vie, avec ses saveurs, ses odeurs, ses fulgurances, respire derrière cette structure.

Un épisode récent m'a remis en mémoire l'époque de l'enfance où cette réalité construite n'obscurcit pas encore le Réel. Je visitais avec une amie l'abbaye d'Altenburg qui recèle la plus belle bibliothèque baroque de toute cette région du Danube.

Alors que nous pénétrions dans l'imposante salle, le petit garçon de mon amie pousse un cri déchirant. Je crois d'abord que cet enfant possède un sens aigu de l'art ; il se précipite vers une colonne où, sur le relief d'une corniche... est posée une petite sauterelle verte. Parmi toute cette splendeur déployée qui nous entourait, il était allé tout droit vers la vie, vers ce que nous n'avions pas même remarqué.

Autre situation récente : une mère détourne de force la tête de son enfant qui, plein d'interrogation vibrante, fixe un jeune étudiant africain assis en face de lui. Au lieu de dire : « Monsieur, vous voyez l'intérêt que vous porte mon enfant. Pourriez-vous nous dire de quel pays vous venez ? En rentrant, nous le chercherions sur notre atlas, et un nouveau lieu du monde nous deviendrait proche. » Non ; l'intérêt que porte cet enfant au monde est pénalisé, et le voilà arraché à la vraie vie pleine et curieuse ; initié à la programmation mortifère qui consiste à ne regarder ni à droite ni à gauche.

Dès que je manie la critique, je sens s'aggraver l'irritation, et en même temps j'ai conscience que c'est cette irritation même qui crée l'adversaire ! Les deux vont ensemble. Cette indignation que je laisse monter en moi donne une énergie colossale au Léviathan qui se tient devant moi. Ainsi me place-t-il où il veut m'avoir : dans la réaction – c'est-à-dire dans la guerre.

Me vient en mémoire l'un des contes de ma grand-mère hongroise.

Une belle bergère est retenue prisonnière par un ogre. De toute la journée il ne la quitte pas des yeux et, lorsque vient la nuit, il lui fait ouvrir ses longs cheveux afin qu'elle les déploie au sol et qu'il puisse se coucher dessus. Ainsi, le moindre mouvement l'alertera. Mais il ignore que la bergère est l'amie des fourmis ; et celles-ci viennent et s'affairent, et cheveu par cheveu libèrent la chevelure et permettent à la bergère de s'enfuir. C'est là une parabole superbe. J'imagine que chacune de nos vies est semblable à un cheveu, un seul, que nous allons tirer doucement de dessous la tête de l'ogre, mais doucement, sans l'éveiller ! Sans surtout entrer dans la confrontation ! Il s'agit de délivrer la chevelure de l'humanité tenue prisonnière par l'ogre sans provoquer sa colère destructrice.

C'est par cette métaphore que je souhaite engager sereinement ma réflexion sur l'essentiel. L'essentiel n'est pas un lieu situé dans un âge d'or, qu'il s'agirait de retrouver. Il n'est de fidélité au passé que dans l'avenir, que dans cet élan vers l'avant ! Dès que l'on s'arrête dans un lieu, c'est déjà un *casus belli* qui s'annonce : il va falloir le préserver, le défendre. Ainsi, le tombeau du Christ : des générations entières ont cru qu'Il était là, dans ce tombeau, et qu'il fallait Le défendre ! Or le tombeau du Christ n'est nulle part ailleurs que dans nos cœurs de pierre.

La femme de Weinreb, le grand philosophe juif, racontait une histoire de son enfance. Elle était la seule juive dans une école de Pologne et le maître lui demanda de montrer Jérusalem sur la carte. Elle refusa de le faire et resta immobile, les yeux baissés sous les quolibets de la classe. La tradition de son père rabbin lui avait enseigné que Jérusalem n'était pas sur la carte – mais *en devenir* au cœur des hommes. Elle ne pouvait donc en montrer l'emplacement.

L'essentiel ne peut pas non plus être cherché dans le temps horizontal, le temps qui passe. Il ne peut advenir qu'à l'improviste – comme une déchirure. Moments bénis où la pesanteur est abrogée, où la Loi s'écarte devant l'Amour. Instants d'éternité où le temps est aboli. Abysses. Ces instants constituent le matériau de notre corps d'immortalité.

Ce qu'il s'agit de développer en nous, c'est cette porosité à la Présence, cette capacité d'être à l'écoute. Un vieux voisin m'a parlé tantôt de la chasse au coq de bruyère, et ce qu'il m'en a dit m'a éclairée. Le coq de bruyère est inapprochable, il a l'ouïe trop fine. Il y a un seul moment dans l'année où il cesse un court instant d'entendre : lorsqu'il pousse son cri d'amour, son appel. Le chasseur peut alors, à chaque cri, faire un pas, un seul. Mais si un rameau craque, c'en est fait... *frrrrt*, il s'est envolé. Imaginez l'attention aiguë avec laquelle le chasseur avance... Au fond, c'est à une chasse semblable que je nous invite, dans ce sous-bois où nous résidons ensemble. Chaque fois qu'une qualité d'amour nous touche, nous pouvons faire un pas de plus vers cet essentiel que nous poursuivons.

Mais comment le décrire ? N'est-il pas cette certitude déchirante et fulgurante qui parfois assaille l'homme : derrière ce monde respire un autre monde, une Présence ? Et cette fulgurance, cette surgie d'éternité, qui a lieu dans les circonstances les plus imprévisibles, bouleverse tout ce qui a précédé.

Que la volonté de s'en saisir et de la mettre sous le boisseau apparaisse aussitôt n'étonnera personne. C'est ainsi que se fonde toute religion. Se saisir de la grâce ! Oui, la voilà – voilà la Vérité *détenue*, prisonnière de l'institution ! Or la vérité, on s'en doute, s'est volatilisée depuis longtemps et

s'en est allée agir ailleurs. Quand on demande :
« Montre-moi la Vérité » à ceux qui la *détiennent*,
on ne parvient pas à leur faire ouvrir leur poing
serré. Depuis longtemps, ce qu'ils tiennent si fort
dans leur main fermée est écrasé, mort... Il leur
faut désormais dissimuler la triste vérité.

Ce que je dis là, qui semblera dur, mérite un
autre éclairage. Souvent c'est le respect d'une tradition, le champ de conscience qu'elle engendre
qui crée précisément les conditions pour l'apparition de cette grâce. Mais cette vérité ne se laisse
ni enfermer, ni sécher, ni conserver, ni pasteuriser,
ni lyophiliser. Elle est insaisissable. Elle change à
tout instant de substance, de forme. Elle peut nous
traverser comme la foudre, nous frôler comme la
brise ou se poser comme une saveur sur notre
langue.

Il en est de même pour les êtres que nous admirons, qui sont nos guides à un moment et dont
nous aimerions qu'ils soient à tout jamais les
garants de cet essentiel. Mais il arrive qu'ils nous
déçoivent. Récemment un grand écrivain tchèque
que nous admirons tous beaucoup, un dissident
de la première heure, nous a atterrés en prenant
parti pour la politique de George Bush. Le premier choc passé, n'est-ce pas là aussi un message
précieux : ne mets pas ton espérance dans un lieu,
dans une personne. Mets-la dans l'invisible.

Chaque jour nouveau, je suis appelée à réactua-
liser l'espérance, à renouveler l'alliance. Chaque
jour de neuf.

Le meilleur lieu d'apprentissage est l'amour de

l'homme et de la femme. Quand nous entrons en amour, toutes les catastrophes nous guettent. Pourquoi ? Parce que nous nous leurrons. Nous croyons que l'amour vient de nous être octroyé par la personne que nous aimons – et que cette personne *détient* l'amour. Or l'amour n'est aux mains de personne. Ni entre mes mains, ni entre les siennes. Il est entre nous. Il est ce qui, entre nous, s'est tissé depuis notre première rencontre, ce que l'espace insaisissable entre nous a engendré et continue d'engendrer d'instant en instant. Une œuvre fluide et perfectible à l'infini.

Etre en amour nous met dans un état de transparence, de bienveillance envers le monde entier, d'ouverture du cœur, de solidarité naturelle.

Le piège qui nous guette est de faire une idole de l'être aimé et de lui attribuer le miracle de cette transformation. Dès lors, puisque tout paraît dépendre de lui, je cours le risque d'en faire soit mon despote soit mon esclave – deux visages d'une même réalité. Le fluide de l'amour coagule aussitôt et se pétrifie.

Si nous déjouons ce piège, nous avons rendez-vous avec le Réel – cet espace agrandi, cette dilatation de tout l'être qui est le fruit de la relation vraie. C'est ce fruit qui mérite le nom d'*amour* – il mûrit entre les hommes et les femmes. Il n'y a aucune matière qui soit plus précieuse au monde que la pulpe de ce fruit : elle est la chair même du monde en devenir.

Comme autrefois dans le ventre de notre mère le liquide amniotique où nous voguions, cet espace qui nous entoure est l'espace nourricier. L'essentiel est *entre*. L'essentiel est dans le mouvement de navette entre les bords, entre les rives, l'allée et venue de cet instant à l'instant où nous nous séparerons, de l'instant de la naissance à l'instant de la mort, de ma bouche à votre oreille, de votre cœur au mien, de l'aube au crépuscule. L'allée et venue entre l'homme et la femme, l'espérance et la désespérance, le monde visible et le monde invisible, le temps horizontal et l'éternité. L'essentiel respire *entre*.

L'essentiel n'est pas là où notre raison, notre intellect le cherchent (bien qu'il puisse y être aussi, comme partout ailleurs). Il n'est pas dans les lieux où on l'annonce avec solennité (bien qu'il puisse y être aussi, comme partout ailleurs). Il n'est pas à la place où on l'a rencontré la dernière fois et où l'on retourne le cœur battant (bien qu'il puisse y être aussi, comme partout ailleurs).

Le symbole qui me paraît le représenter au mieux c'est le nœud de la tradition talmudique. Dieu laisse voir son dos à Moïse et lui révèle le nœud qui le couvre. Le secret du monde c'est le nœud. Tout est relié à tout, mais comment ? Tu ne sauras jamais ce qui est au bout du fil que tu tires. A chaque instant le secret reste entier. Si l'essentiel te semble parfois n'être nulle part, c'est en fait qu'il peut être partout à tout instant. Voilà de quoi décourager la logique des faiseurs !

« Quand tu fends du bois, je suis là. Quand tu soulèves une pierre, je suis sous la pierre. Ne me cherche pas ailleurs que partout. » Ainsi le *logion 77* de l'Evangile de saint Thomas.

La voie est dans la vigilance – une vigilance de tout notre être, vibrante. Nos sens sont le plus souvent devenus des tentacules qui tentent de tirer le monde à eux pour le posséder. Il est temps qu'ils redeviennent des antennes, les antennes du vivant et que notre corps entier s'ennoblisse.

Cet élan, cette ouverture de tout l'être nous rendent perméables à l'essentiel.

Mais il existe un autre moyen pour entrer en contact avec cet essentiel : c'est le drame. Lorsque nous souffrons cruellement, lorsque nous sommes précipités dans ce que nous redoutions le plus – maladie, deuil, échec –, souvent l'inattendu a lieu : ces expériences paroxystiques semblent ôter à notre corps et à notre âme leur opacité, les abraser au papier de verre afin qu'ils laissent à nouveau filtrer la lumière.

Un chauffeur de taxi me racontait l'autre jour que, pris dans un violent carambolage, au milieu du fracas des tôles entrechoquées, une vague d'amour était montée en lui qui l'avait submergé. Il pleurait en me le racontant. Quelqu'un lui disait : « Il y a mille ans que tu dors, réveille-toi ! »

Quant à mon vieil ami le prince André Bolkonski, que j'ai beaucoup fréquenté depuis mon enfance dans *Guerre et Paix* de Tolstoï, ne se rend-il pas aussi – au prix de sa vie – à une invitation semblable ? Cet homme à la fois puissant, adulé et aussi perdu qu'un adolescent attend que la vie veuille bien enfin commencer pour de bon...

sensation connue, non ? Obsédé par l'héroïsme mais déjà en butte à la désillusion, il reçoit, au cours de la bataille de Borodino, un obus en plein ventre – passe à vif aux mains du chirurgien dans le rugissement des blessés entassés – et voilà qu'à l'instant où on le soulève pour le déposer à l'écart, quelque chose se déchire dans sa poitrine – et l'amour infini s'engouffre en lui. Il est alors acculé à l'amour comme l'est sans le savoir l'humanité entière. Car nous finirons tous, morts ou vifs, acculés à l'amour. Il n'y a pas d'autre issue. André Bolkonski doit traverser l'enfer de la souffrance pour comprendre que Tout est Grâce.

Si l'essentiel est partout, il ne manque plus que nos yeux s'ouvrent pour le voir... et si la seule voie de la souffrance ne nous plaît guère, il nous reste à modifier notre relation au monde.

Ouvrir les yeux, sortir de l'anesthésie féroce de nos cœurs ! Nous laisser attendrir, toucher par la gratitude d'être vivants ! Non pas des voyeurs, des (télé)spectateurs consentants de la destruction du monde, mais des témoins de la merveille du monde créé !

Pic de La Mirandole, le grand savant et mystique de la Renaissance mort à trente et un ans, fait dans son *Oratio de Hominis dignitate* parler Dieu : « Ô Adam, nous ne t'avons fait ni céleste, ni terrestre, ni mortel, ni immortel, afin que, maître de toi-même, et ayant pour ainsi dire l'honneur et la charge de façonner et de modeler ton être, tu te composes la forme que tu préfères. Tu pourras dégénérer en formes inférieures qui sont animales, tu pourras, par décision de ton esprit, être régénéré en formes supérieures, qui sont divines. »

Tu as le choix !

Ce n'est pas une menace qui résonne dans ces paroles prêtées au Créateur, c'est une invitation que je transmets.

Vieillir ? Vous avez dit vieillir ?

« Sa mort prochaine
Rien ne la laisse présager
Dans le chant de la cigale. »

Marguerite YOURCENAR.

Lorsqu'un être humain refuse la vieillesse et se présente à elle à reculons, tel un âne bâté à l'envers, comment s'étonner qu'elle lui soit hostile ?

La vieillesse est un produit de l'« institution imaginaire de la société » avant d'être une donnée biologique.

Elle n'a pas de qualité intrinsèque. Elle est ce que la vie de chacun a été, avec des contours plus accusés car elle tend naturellement à la caricature.

Pourtant, si, après la cinquantaine, la vie bascule autour de son axe comme le veut la loi des saisons et que l'homme extérieur cède le pas à l'homme intérieur, alors le mûrissement dévoile ses richesses.

L'homme mûr doit désormais cesser de croître, d'ajouter à ce qu'il a, à ce qu'il est.

L'ancien réflexe qui consiste à accumuler plaisirs, rencontres, expériences et biens dans l'espoir qu'un jour le poids y sera – le poids d'une vie réussie – va se révéler vain. Le poids, en fait, n'y est jamais. Jamais le TROP ne fait le poids. Voilà ce qui peu à peu devient clair.

Si l'homme mûr veut malgré tout continuer de croître, c'est hélas de la graisse, des kystes et autres excroissances qui s'ajouteront à lui. Car le temps de la croissance extérieure est terminé.

Il s'agit maintenant de descendre. Descendre. Comme Jonas de la montagne vers le bord de Jaffé, du pont à la cale du bateau, de la mer où il est jeté jusqu'au ventre du poisson qui l'avale.

Un plancher après l'autre cesse de nous porter et cède sous nos pieds, une représentation après l'autre, un dogme après l'autre...

Une gestation secrète est en cours. Au plus profond.

Ce n'est pas triste.

Ce n'est ni une façon masquée d'être un peu mort ni un quelconque renoncement.

C'est plutôt le contraire.

Et pas non plus le contraire.

Pour approcher *cela*, je ne connais qu'un accès : verser mon expérience dans le tamis de ce matin d'hiver et voir ce qui restera accroché au crible des mots.

Car il n'y a que la parole la plus singulière et la plus intime qui fasse naître un écho dans celui qui lit ou écoute.

La première révélation dont je voudrais faire état est celle de la porosité grandissante de l'identité. Pour tout dire : elle prend l'eau. Semblable à la coque d'un navire qui ne se laisse plus caréner.

Un vieil ami très cher – un savant réputé – recevait récemment en Allemagne une médaille d'or pour son œuvre – une distinction très rarement octroyée. A ma question sur le déroulement de la cérémonie présidée par le Chancelier, sa réponse : « Tu t'en doutes, non ? Un peu gênant... »

C'est cela. La personne qu'on décore n'habite plus là. On se promet de faire suivre la lettre cachetée au récipiendaire ; mais il est parti le plus souvent sans laisser d'adresse.

Cette personnalité construite durant toute une vie à la sueur de notre front mérite respect ; c'est indéniable. Mais une tout autre logique est à l'œuvre : la personnalité ne contient plus toute la personne. La raison n'en est pas que la première serre à l'encolure, qu'elle est devenue trop étroite pour contenir la seconde. Non, c'est le contraire.

Et pas non plus le contraire.

Nous n'avons pas rapetissé. Mais plutôt perdu la solidité, la carrure nécessaire au port d'un costume : nous nous sommes pour ainsi dire fluidifiés.

Cette bizarre gêne, je la connais aussi : lorsque, par exemple, m'est rapporté le bien que quelqu'un dit de moi ; elle se rapproche de la sensation que j'éprouvais quelques années plus tôt lorsque, à l'inverse, c'était du mal colporté qu'on m'informait.

Les Japonais n'ont qu'un seul mot pour dire :

célébrité et mauvaise réputation. J'en frôle aujourd'hui le pourquoi. Célébrité tout comme mauvaise réputation présupposent l'existence d'un porteur.

Or ce porteur, de quelque lieu qu'on le contemple, devient peu à peu irréel.

Qui ne sent pas en vérité que sa vie est de moins en moins communicable à quelqu'un d'autre, qu'elle ne correspond à rien d'exprimable, à rien de visible pour un tiers ? Et qui plus est – à rien que nous puissions nous-mêmes saisir.

Pourtant cette vie que j'appelle ma vie garde un *continuo* secret. Ce chant continu qui la traverse est audible à moi seule.

Et plus s'allège mon bagage, mieux je le perçois.

C'est, sans doute, ce que la tradition juive appelle le *nigoun* – ce chant singulier inhérent à chaque existence.

Que l'invitation à la porosité nous soit faite tard dans la saison est une bénédiction de plus. Cette transparence de l'être, qui n'est pas propice à l'action, jetterait le peintre en bâtiment à bas de son échelle, laisserait le capitaine d'un navire percuter un iceberg.

Cette qualité de porosité, en effet, ne permet pas de poursuivre un but ; elle n'aide pas à atteindre quelque chose ni à prendre position. Elle nous fond à tout instant dans l'interdépendance de tout. Comment, dès lors, prendre parti pour quelque chose ?

La question posée par Hadès au seuil du Royaume des Morts sera simple. Non pas : « Qui as-tu été ? » mais : « Qu'as-tu laissé passer à travers toi ? »

Quelle qualité ? Quel son ? Qu'as-tu sauvé – caché contre ton sein, quand rôdaient les troupes d'Hérode ? A qui as-tu reflété sa splendeur secrète ? Quel livre as-tu fait vivre en l'aimant ? Quel concerto, en l'écoutant sans répit ? Dis : de quoi as-tu pris soin ? à quoi as-tu livré passage ?

Une fillette du village, Karin, douze ans, est venue frapper à ma porte :

« Mon oncle Sepp est mort – et je veux, comme je te l'ai vu faire, parler sur sa tombe parce que je l'aimais beaucoup – mais tu dois m'aider : qu'est-ce que je peux dire ?

– Tu aimais quoi dans ton oncle Sepp ?

– Il nous faisait beaucoup rire. Il connaissait tellement de chansons ! Quand je savais qu'il allait venir, j'étais joyeuse.

– Eh bien, c'est ce que tu vas lui dire : Oncle Sepp, te voir partir est dur. Personne ne me faisait rire comme toi, personne ne chantait comme toi et, quand je savais que tu venais, j'étais joyeuse. Alors j'ai une prière à te faire : Là où tu vas, n'emporte pas tous ces dons. Lègue-les-nous ! Tu peux simplement me les confier à moi. »

Elle a parlé, Karin, et beaucoup, m'a-t-on raconté, ont tiré leur mouchoir. Un fil sépare faire pleurer et faire rire : la transmission a bien eu lieu.

Savoir qu'une qualité dont j'étais dépositaire ne se perdra pas est devenu une source de joie iné-puisable.

Ainsi, les facéties d'une petite fille de trois ans m'ont ravie lors d'un récent congrès. Sa mère, venue en auditrice, souffrait des frasques de sa fillette plus qu'il n'eût été nécessaire. La petite dérangeait visiblement tout le monde : toute forte créativité commence toujours par déranger tout le monde. Lorsque, cachée sous le tapis de la table du podium, elle surgit avec un cri de guerre au milieu d'un débat sur l'euthanasie, sa mère se crut forcée de l'emmener. Cette scène m'évoquait les difficultés qu'avait aussi ma mère avec moi à la messe du dimanche – où je me plaisais, m'a-t-on dit, à promener les chaises vides. Du jour où je me hasardai jusqu'à l'autel pour aider l'enfant de chœur à agiter les clochettes de l'élévation, on ne m'emmena plus de longtemps. Je n'en fus pas cha-grinée, je crois : j'aimais aussi le jardin de la colline et les nuées de moineaux picoreurs qu'on faisait lever en tapant très fort du pied.

Cette vivacité impertinente d'alors, je la retrou-vais, à mon grand bonheur, dans le corps d'une autre enfant.

Elle non plus ne se perdrait pas.

Et l'émotion de l'autre jour !
Ces amants dans l'aéroport de Montréal.
Elle sortait seule avec ses bagages.
Sa beauté m'avait frappée dans l'avion. Sa clarté.

Aucun éparpillement. Elle était comme rassemblée autour d'un moyeu invisible.

Elle franchit la porte, chercha quelqu'un des yeux, le trouva aussitôt.

Je l'avais reconnu.

C'était lui !

Elle avait ralenti. Ils se regardaient à quelques mètres de distance. Sans un sourire. Sans un battement de cils. Une gravité vertigineuse. Pour rejoindre les amis qui m'attendaient, je devais passer entre eux deux. Je ne le pus pas. Je dus m'arrêter. Reculer d'un pas. C'était intraversable. Une muraille invisible.

Je la reconnaissais à sa vibration froide. Ardente.

La passion d'amour !

Rare comme le génie !

Elle est sur cette terre. Portée par d'autres corps. Portée par d'autres souffles. Quel soulagement et quelle joie !

Dire que je confie à d'autres ces qualités d'être que j'ai tant aimé incarner paraîtra prétentieux. Comment confierais-je à quiconque ce qui ne m'a jamais appartenu et qui n'appartiendra jamais à personne ? Et pourtant, cette passation est réelle aussi : en ayant contribué à la création d'un éther, n'en suis-je pas l'instigatrice et la gardienne ?

Dans l'avancée de la maturité et l'approche de la vieillesse, il est un autre phénomène qui frappe : le rajeunissement progressif du cœur et de l'âme.

Depuis toujours, je pressentais que la nature ne

pouvait pas vouloir la déchéance de l'homme. Aujourd'hui, je le sais.

Si la deuxième moitié de l'existence ne recelait pas un projet, nous serions éliminés – comme le sont certains animaux – après le cycle de la fécondité.

Ce projet qui nous est confié est invisible à l'œil.

J'aurais la tâche légère si je me plaignais de maux de dents : même si j'étais la seule à pouvoir vérifier mes dires, personne ne douterait de ce que j'avance. Mais si j'affirme que mon âme et mon cœur rajeunissent de jour en jour, je ne serais pas étonnée que certains n'y voient qu'une licence poétique. Ou un sujet d'agacement. Et pourtant !

Dans la jeunesse, l'âme n'est pas jeune. Elle est percluse du rhumatisme des modes, plie sous les idéologies, les normes en vigueur. L'Alzheimer juvénile la ronge : l'oubli de tout ce que l'enfant savait encore sur le sens profond des choses. La jeunesse transbahute tous les préjugés qu'on lui a inculqués, les jugements féroces, les catégories assassines. Elle est souvent dure comme le monde qui l'accueille. Sa lumière est sous le boisseau.

Ce long travail de la libération de l'intelligence, ce déminage du terrain après tant d'années d'occupation étrangère sont l'œuvre de la maturité. Quand l'obligation de faire un avec sa génération n'est plus une question de survie, on peut enfin écarter les œillères, laisser venir la clarté. Comme dans les grandes forêts où l'automne, en dépouillant les branches, donne le ciel à voir.

« Il faut toute une vie, écrit Jean Sulivan, pour

élargir son cœur, ses opinions, pour conquérir sa liberté spirituelle. »

Toute une vie.

Voilà une chance à ne pas manquer.

« Je dessine depuis l'âge de six ans toutes les formes qui me rencontrent. Quand j'ai eu cinquante ans, j'avais déjà publié des masses de dessins mais tout ce que j'ai fait avant soixante-dix ans n'est pas digne d'être évoqué. A soixante-treize ans, j'ai commencé à saisir la vraie nature des bêtes, des arbres, des herbes, des oiseaux. A quatre-vingts ans, j'aurai fait des progrès. A quatre-vingt-dix ans, j'aurai peut-être approché le secret des choses. A cent ans, j'aurai atteint un grade de perfection qui touchera. Et à cent dix ans, tout ce que je dessinerai, ne serait-ce qu'un point ou une ligne, sera vivant. »

Ces mots d'Hokusai, le grand peintre japonais qu'on a comparé à Rembrandt et à Goya, décrivent à merveille la dynamique secrète de l'âge. Pas à pas, le monde se laisse rejoindre. Tout ce qui n'était que schéma, toile de fond, accompagnement sonore ou visuel glisse lentement au centre de la perception.

Le monde existe vraiment !

Voilà la révélation.

La même, dans le registre d'un tempérament opposé, qui fait dire à mon bien-aimé Borges : « Hélas, le monde existe ! »

Que cette sensation ne se laisse pas décrire n'est pas une raison de ne pas le tenter.

Un fluide coule et baigne toute chose.

Et tandis que d'autres sens commencent de se faire plus distraits, plus discrets, un sens inconnu émerge en silence. Un sens qui appréhende ce fluide.

Parfois, en train de marcher, ou assise, la main sur une poignée de porte, ou le genou contre un pied de table, je le sens... Il est là. Il n'a ni odeur, ni son, ni forme. Seulement une ineffable densité. Tout geste s'en trouve ralenti, puis suspendu. Ainsi, l'autre matin, en me penchant pour lacer mes bottines, des larmes ont jailli. Non pas sous l'effet d'une émotion. Non. C'est la *conscience d'être* qui revêtait une intensité presque insoutenable.

Alors un livre s'est ouvert à la bonne page. Comme souvent. Et voilà ce qu'il m'a été donné de lire.

Un jeune élève interroge le maître :

« Rabbi, autrefois il est dit que les prophètes parlaient à Dieu face à face (*von Angesicht zu Angesicht*), de visage à visage. Pourquoi cela ne se produit-il plus ?

– Parce que les hommes, mon fils, ne s'inclinent plus assez bas. »

Voilà pour la bottine lacée.

Parfois c'est l'air entier autour de moi qui s'emplit de ce fluide.

Ainsi hier, dans la forêt, une futaie de très jeunes arbres aux troncs fins et fluets a attiré mon attention. J'ai cru un moment, tant ils pliaient sous les assauts du vent d'ouest, les voir se briser.

Aussitôt une bulle de mémoire est montée à la surface.

Mon père nous apporte trois épis de cristal (de la verrerie de Saint-Louis, si j'ai bonne mémoire). Un pour ma mère, un pour ma grande sœur, un pour moi. Leurs barbes sont si fragiles que deux ou trois fils ont déjà été brisés dans le papier d'emballage. C'est un émerveillement embué d'angoisse que de les regarder ! Dans les jours qui vont suivre, l'angoisse va grandir et la contemplation devenir une épreuve. Chaque fois que nous toussons, prétend mon père, mais aussi chaque fois que nous le fixons trop intensément, un cheveu de cristal se brise. Et parfois même, j'en jurerais, à seulement y penser très fort, je retrouve sur le napperon de dentelle des bris de cheveux d'ange. Peu à peu la splendeur se perd et se délite. Seuls quelques épillets restent suspendus à la tige du cristal. Un beau jour, eux aussi ont disparu. Le vase est de nouveau vide.

Cette sensation-là, éprouvée à six ans devant ces chefs-d'œuvre de fragilité, ressurgit – parente et très différente à la fois : la fragilité ne m'angoisse plus ni me m'étonne. Tout mon corps la sait inhérente à la nature des choses. Je ne la vois plus du dehors. Je suis à l'intérieur même de cette vulnérabilité. Et j'y acquiesce. Non pas par une sorte de découragement ou de lassitude qui s'accommoderait bon gré mal gré de la disparition de toute chose. Non, point du tout. J'acquiesce de tout cœur. J'acquiesce à ma propre déliquescence, au vent qui me brisera comme fétu de cristal. Il n'y a que l'expérience érotique, dans ses plus radicales manifestations de dissolution, qui ait quelque parenté avec cette sensation-là.

Et à l'instant où mon acceptation m'emplit comme un spasme, le fluide... Le fluide se remet à couler.

Il relie le dedans et le dehors, le tangible et l'intangible, le visible et l'invisible.

Ce qui se brise ici est recomposé là-bas et ce qui est flétri ici reverdit sur le versant caché.

Dans la main de mon père, les épis de cristal sont demeurés intacts.

Si l'âme et le cœur ont, avec les années, l'opportunité de rajeunir, on se doute bien que le corps répond à d'autres lois. Il fane. Et ce serait sot de le nier. Il s'en va, le bien-aimé, le familier, le somptueux compagnon, désirable pour autrui et docile au plaisir, celui qu'un ressort mettait debout, qui bondissait, dévalait l'escalier... Il arrive parfois que toute sa magie soit brusquement là et qu'un frémissement, un frôlement, une saveur me le rendent. A peine me suis-je aperçue de sa furtive visite que déjà je l'ai fait fuir.

Un clin d'œil... sans plus.

Mais le vieillissement du corps recèle plus de mystères que l'imagination peut en livrer. De toutes les énigmes, il est peut-être la plus troublante. Rien de plus menacé, de plus soumis à la déchéance. Pourtant « rien qui ne soit plus à même de détecter le frôlement des dieux, leurs allées et venues parmi nous[1] »... Car, avec les années, le corps se métamorphose, s'affine, perçoit le monde à des registres autrefois inconnus, capte des multitudes de signaux et d'informations sur les choses et les êtres. La peau a cessé de le limiter. La *carezza* n'est plus la haute œuvre de l'amant seul : un regard, un reflet, le vent dans les cheveux – et ce frisson se déploie, se déroule comme une jetée de soie. L'éros s'est dilaté. L'amoureuse aussi. Son corps ne la contient plus. Un jour, l'enveloppe s'en déchirera sous la poussée d'une autre naissance. Deux amies se sépareront à la croisée des chemins. « La femme avec un corps » et « la femme sans corps » se diront adieu. Deux reflets dans l'eau de la mort, deux rêves qui retourneront vers le Rêveur des mondes.

> *Nombreuses fois*
> *Nombre de fois*
> *L'homme s'endort*
> *Son corps l'éveille*
> *Puis une fois*
> *Rien qu'une fois*
> *L'homme s'endort*
> *Et perd son corps*[2]...

Souvent, tout au long de ma vie, j'ai imaginé cet instant-là.

Depuis l'enfance ! Et presque chaque nuit.

---

1. *Les Sept Nuits de la Reine*, Christiane Singer, éd. Albin Michel.
2. René Char.

C'est mon talisman.

Cette pratique rigoureuse m'a rendue vivante.

Comme toute polarité, celle de la naissance et de la mort permet à l'espace situé entre les pôles de vibrer intensément.

« Vous croyez peut-être que je suis vieux, aveugle et mendiant ? Vous vous trompez... »

Ainsi commence le célèbre récit des Sept Mendiants de Rabbi Nahman.

Il est temps pour finir d'écarter le rideau des apparences.

Vieillir ? Vous avez dit vieillir ?

« Vous ne savez pas à quel point vous ne savez pas ce que vous ne savez pas[1]. »

---

1. Rabbi Nahman.

Table

Christiane Singer
dans Le Livre de Poche

Eloge du mariage n° 30730

Entre le désir profond de se lier, de s'engager corps et âme, et le désir tout aussi profond de préserver sa liberté, d'échapper à tout lien, quel tohu-bohu ! Or, pour vivre ces exigences contradictoires et d'égale dignité sans être écartelé, il n'y a aucun secours à attendre ni de la philosophie, ni de la morale, ni d'aucun savoir constitué. Il est probable que les seuls modèles adaptés pour nous permettre d'avancer sont la haute voltige et l'art du funambule. Un mariage ne se contracte pas. Il se danse. À nos risques et périls.

La Guerre des filles n° 5691

Résolu et fratricide, tel est le combat que livrent les compagnons d'armes de Vlasta, héritière de la reine de Bohême, au monde des hommes dès lors qu'ils pervertissent l'ordre de la nature pour lui substituer le leur, arbitraire, autoritaire et factice. Situé en une Bohême encore païenne, *La Guerre des filles* est à la fois un conte cruel débordant d'images somptueuses et une fable savante sur les rapports étrangement contradictoires que l'homme entretient avec la nature.

La Mort viennoise n° 5425

1679 : la ville quasi mythique, somptueuse et décadente, avec ses palais baroques, ses fêtes, son luxe, ses aristocrates – comme le prince Balthasar, sa femme Eléonore et leur fils Johannes –, avec son petit peuple aussi, entassé dans les ruelles médiévales de la vieille ville, est la toile de fond de ce roman, où plaisir et mort sont constamment mêlés. Tandis que le jeune Johannes fait l'apprentissage de la vie et qu'Eléonore découvre la volupté, la peste s'empare de la cité, plongeant ses habitants dans une folie érotique, mystique, meurtrière…

Où cours-tu ?
Ne sais-tu pas que le ciel est en toi ?   nº 15595

« Il est difficile au milieu du brouhaha de notre civilisation qui a le vide et le silence en horreur d'entendre la petite phrase qui, à elle seule, peut faire basculer une vie : "Où cours-tu ?" Il y a des fuites qui sauvent la vie : devant un serpent, un tigre, un meurtrier. Il en est qui la coûtent : la fuite devant soi-même. Et la fuite de ce siècle devant lui-même est celle de chacun de nous. "Où cours-tu ?" Si au contraire nous faisions halte – ou volte-face –, alors se révélerait l'inattendu : ce que depuis toujours nous recherchons dehors veut naître en nous. »

Rastenberg   nº 14497

Rastenberg, c'est un château féodal des montagnes d'Autriche, puissant, orgueilleux, vénérable. Lorsque la romancière et narratrice s'y installe, après son mariage, elle est une jeune femme amoureuse. Mais elle n'oublie pas que sa famille fut persécutée dans ce pays, et que non loin de là naquirent la mère et le père présumé d'Hitler. Dès lors, l'histoire de ses rapports avec Rastenberg sera celle d'une patiente réappropriation. Loin de prétendre changer quoi que ce soit en ces lieux qui interdisent toute familiarité, elle va faire revivre quelques-uns de ceux qui y vécurent : Giacomo, le gentilhomme italien fuyant un amour bafoué, Marie, brûlée vive dans sa robe d'organdi, et puis Ghislain, le jeune homme à qui la vie promettait tout, et que la guerre envoya mourir sur le front russe.

Les Sept Nuits de la reine   nº 30030

Sept nuits, parce que c'est dans l'obscur, l'intime, l'inconnaissable que réside la vérité de ce que nous sommes, et non dans les rôles sociaux et les évidences quotidiennes. Sept nuits, parce que les moments qui tissent notre destin – l'amour, la perte d'un être cher, une révélation sur notre origine – ne sont peut-être pas plus nombreux. Sept nuits, comme un reflet inverse des sept nuits de la Création… Et à travers ces sept nuits, Christiane Singer fait surgir un inoubliable visage de femme.

Du même auteur
aux Éditions Albin Michel :

LES CAHIERS D'UNE HYPOCRITE

CHRONIQUE TENDRE DES JOURS AMERS

LA MORT VIENNOISE
Prix des Libraires 1979

LA GUERRE DES FILLES

LES ÂGES DE LA VIE

HISTOIRE D'ÂME
Prix Albert-Camus 1989

UNE PASSION
Prix des écrivains croyants 1993

DU BON USAGE DES CRISES

RASTENBERG

ÉLOGE DU MARIAGE,
DE L'ENGAGEMENT ET AUTRES FOLIES
Prix Anna de Noailles de l'Académie française 2000

OÙ COURS-TU ?
NE SAIS-TU PAS QUE LE CIEL EST EN TOI ?

LES SEPT NUITS DE LA REINE

Composition réalisée par IGS

Achevé d'imprimer en Espagne en octobre 2007 par
LIBERDUPLEX
Sant Llorenç d'Hortons (08791)

Dépôt légal 1re publication : octobre 2007
N° d'éditeur : 90834
Librairie Générale Française – 31, rue de Fleurus – 75006 Paris

31/2138/1